Piccola Biblioteca Oscar

BARBARA ALBERTI

IL RITORNO DEI MARITI

Illustrazioni di Max Ernst

OSCAR MONDADORI

I edizione Piccola Biblioteca Oscar ottobre 2006

ISBN 88-04-55884-9

Questo volume è stato stampato
presso Mondadori Printing S.p.A.
Stabilimento NSM - Cles (TN)
Stampato in Italia. Printed in Italy

www.librimondadori.it

Il ritorno dei mariti

A Giulia, bisnipote di Alvaro ed Elvira

1
Due spie dell'amore

Pur di dire "mio marito"

Se la merceria va a rotoli è anche colpa delle clienti. Se ne fregano loro dei bottoni introvabili delle zip a freccia dei merletti squisiti che Delia riesce a scovare con santo accanimento, tanto che "Ago e filo" è l'ultima vera soave botteguccia di una città schifosa.

Quelle vanno lì solo per confidarsi, le rovesciano nelle orecchie padellate di disgrazie amorose, chiedono consigli che non seguono, e raccontano, raccontano... ma perché proprio a lei, che ha sempre sbagliato tutto?

Invece di vendere si parla di sentimenti.

Più che commercianti Delia e Dudù, il giovane commesso, sono diventati due spie dell'amore. Dudù è muto ma non sordo, e partecipa attivamente. Nei casi noiosi però si mette i tappi nelle orecchie.

Stavolta non fa in tempo. La figura ovoidale della dottoressa Fini entra a saetta e uno sfrontato sentore di tuberosa si aggancia ai nasi e agli scaffali.

Per salvare la faccia compera un metro di fettuccia, e subito si mette a parlare dei fatti suoi, piazzandosi sullo sgabello non bastevole alle sue chiappe arroganti.

«Si tenga forte Delia, le devo dare una notizia in cre di bi le.»

Pausa da concerto quando tutto tace e di colpo piatti e tromboni:

«È TORNATO!»
«Chi?»
«MIO MARITO!»

L'ha mollata 8 anni fa coi figli piccoli per un'altra, senza mai darle un soldo.

Lei li ha cresciuti con sacrifici.

«Risparmiavo pure sulla ceretta, usavo la pinza... per questo i baffi! Si sono rafforzati e ora non se ne vanno manco se viene giù dio. Quanti cani, quanti maiali, quante vacche! Pure un cobra, una volta... però chi mi fa davvero schifo sono i gatti. Con quelle facce da ipocriti, quelle smorfie...» (La signora è veterinaria.)

Adesso di colpo lui s'è rifatto vivo, e lei se l'è ripreso.

«Al momento è senza lavoro, ma si dà tanto da fare. È così cambiato! Mi rispetta, ORA.»

"Cioè non la porta più nemmeno a letto!" sghignazza Dudù col linguaggio dei sordomuti, rivolto a Delia.

Lei a gesti risponde:

"Sta' buono, è una cliente."

"Bella cliente! Ha speso 60 centesimi, e sono 40 minuti che parla... Mica siamo un PSA! (Pronto Soccorso Amoroso).[1] Io metterei una tariffa. Ce l'hanno gli psic ce l'hanno i preti, e noi no? (*Dice sempre "noi", quando parla di Delia.*) E lo sa per-

[1] Invece lo sono, e Dudù lo sa benissimo. Nega per affermare, con un certo compiacimento.

ché se l'è ripreso? Per vantarsi. Per poter dire MIO MARITO! Non c'è soddisfazione più grande per la lingua di una donna. Le donne farebbero qualsiasi bassezza per dire *mio marito*. Con l'idraulico, col panettiere, con lei… Specialmente con lei, che il suo è sparito e…"

«Basta Dudù! sei più chiacchierone delle clienti.»

«Chiacchierone, no. Eloquente.»

Vedendoli gesticolare la veterinaria si accorge del dialogo serrato fra i due.

Scatta in piedi:

«Ma vedo che lei non mi ascolta.»

«Come no! Dudù mi ricordava che dobbiamo fare l'inventario… ci sono dei nuovi arrivi. Roba bellissima! Vuole dare un'occhiata?»

«Un'altra volta, scappo a fare il pranzo. Se no chi lo sente, *mio marito*…»

La dottoressa Fini se ne va, la tuberosa resta.

Dudù, poggiato allo scaffale:

"Ma pure lei, se torna il suo se lo ripiglia?"

«Chiiiii? Iiiiio? Come ti viene in mente?»

"Boh. Con voi donne non si sa mai. Io a lei l'ho messa su un altare, ma forse è come le altre. Pur di dire *mio marito*…"

Dudù ride in silenzio, come gli angeli. Come gli angeli è maligno. Ride pure Delia. Ma non è un riso condiviso, come piace a lui: sta passando una bicicletta, lo sguardo di lei corre oltre la vetrina, in strada, e torna indietro scornato. Ha creduto di vedere qualcuno. Non si trattiene dal domandarle:

"Cos'ha sempre da guardare fuori?"

«Che c'è, mi controlli?»

"Sì. C'è qualcuno che le piace?"

«Ma che domande sono?»

"Allora c'è."

Fanno gli offesi ma se ne scordano subito, appena si mettono a fare l'inventario. Delia ha fatto ricamare dalle Suore Ignorantine certi colletti a punto allodola che li capiscono solo loro due. Se li passano, in un silenzioso incanto.

Così non ti posso rispondere

Ma hanno appena cominciato che entra Lesly. Ha il naso a punta, il seno lo sguardo il culo a punta, sembra fatta apposta per pungere gli uomini, e difatti è corteggiatissima.

Ma càpita sempre con quelli sposati. Destino o mania, appena c'è uno che le piace infallibilmente scopre che ha l'anello al dito. Così viene in negozio a scagliarsi contro la loro vigliaccheria, doppiezza irresolutezza ecc.

Ultimamente però un certo Max (sposatissimo) le aveva preso il cuore, e lei era diventata più a punta di prima, come un'antenna che capti la felicità.

Ma è finita male anche stavolta.

Lesly: «Eravamo nel suo pied-à-terre, sul Tevere. Lui era seduto, nudo, davanti alla finestra. Dietro si vedeva il fiume. Parlava dolcemente, a cantilena, come chi dice il rosario: "*In ufficio non mi rispettano, lo stipendio una miseria e non fanno che detrarre, il resto se lo mangiano le tasse... Non ho neanche i soldi per rimettermi i denti, ti sarai accorta che me ne mancano due... Mia moglie me l'hanno imposta i miei, e mi è stata antipatica da subito... S'è portata dietro pure la madre. Fanno alleanza contro di me, io sono un estraneo in casa. Mi mettono contro i figli, sono sempre stato sfortunato... Il più saggio è mio padre, lui ha un'amante che lo capisce, ascolta tutte le sue disgrazie, lo consiglia, lo consola... si vedono una volta alla settimana da 38 anni. Mia madre lo sa, ma chiude un occhio, perché lui dopo è più tranquillo. No come mia moglie, che se ci becca ci ammazza tutti e due...*"

«Io ero inginocchiata davanti a lui, con la testa fra le sue gambe. Non potendo parlare, gli avevo dato qualche pizzicotto discreto, a significare: "E dài, ti pare il momento?" ma lui continuava, e si lagnava, si lagnava... Allora mi sono alzata di colpo, smettendo quella cosa che modestia a parte mi stava venendo benissimo e gli ho detto:

«"Ho capito perché mi tieni la bocca occupata: così non ti posso rispondere!"

«"Ma come, mi lasci così?"

«"Non ti voglio ascoltare per trentotto anni. Una settimana m'è bastata."

«"Egoista!"

«Ho aperto la porta. Lui:

«"Troia!"»

Delia sospira: «O sono mammoni o sono moglioni. Non si scappa».

«Ah, ma adesso basta!»

«Sì, basta con gli sposati!»

«No, basta coi piagnoni.»

Cacciatori di dote

Le clienti se ne sono andate, lasciando una grazia da bordello. Finalmente soli, Delia e Dudù tornano alla contemplazione dei collettini, in quieta estasi. Ma ecco arriva Ambra, con la sua nuvola di ricci e gli occhi spiritati. Si appoggia al bancone, ansimante, senza fiato.

Dudù vola a darle un bicchier d'acqua. Ambra non è come le altre. È un'amica. Anche se cliente non è mai stata, spendeva tutto per Diego, il marito. Lo ha mantenuto per dodici anni, facendo un lavoro che odiava (capocommessa presso la salsamenteria del commendator Barattolo, cibi esotici), perché dopo due licenziamenti lo aveva ritenuto troppo delicato per sporcarsi le mani – mentre lui nella sua noia di disoccupato le mangiava lo stipendio con le slot-machine. Buon parlatore, a forza di chiacchiere era riuscito a convincerla della superiorità di un rapporto casto. Lei scuoteva la testa, con indulgenza senza fine – credeva. Finché ha scoperto che si era fatto tutte le sue amiche, una per una anche due alla volta, e le rideva pure dietro. Ambra ha chiesto il divorzio e ora lui pretende gli alimenti dicendo che lei gli ha stroncato la carriera.

«E se gli danno ragione? 2000 euro al mese... per tutta la vita! E vuole pure metà casa... io lo ammazzo!»

Delia: «Sono tutti cacciatori di dote. Anche quando non hai un soldo».

Ambra (sulfurea): «Già, puoi sempre lavorare per loro. (Desolata): Ma solo in questo abbiamo raggiunto la parità, che adesso li dobbiamo mantenere noi?».

Delia la abbraccia. Lei se la scrolla di dosso:

«È un destino. Perfino a scuola, quando stavo con Torretta Mario... ogni giorno gli dovevo pagare la merendina. Ieri padroni, oggi papponi. Io li ho sempre pagati, gli uomini. Ma perché? Sono carina...»

«Ma certo, sei...»

Ambra la interrompe con violenza.

«Io mi licenzio, così muore di fame. Io vado in galera, così lo rovino. Io mi suicido, così s'attacca. NO! Sparo direttamente a lui, faccio prima.»

«Basta, Ambra! Io so – anzi, proprio, LO VEDO – presto incontrerai uno fatto per te, che non ti prende i soldi, anzi – te li dà.»

«Io non voglio i soldi. Io voglio qualcuno che noti quanto sono belle, e piccole, e di madreperla le mie orecchie.»

Per mostrarle si alza la sterminata chioma.

Ai due sfugge un grido di stupore: sono come le ha descritte anzi molto di più – miniature di alabastro, rose d'aprile – Delia e Dudù ne sfiorano una ciascuno come poco fa i colletti, con reverente meraviglia. Delia:

«Ma come fanno a vederle se le tieni sempre coperte?»

«Eh, se le facessi vedere sarebbero buoni tutti. Troppo facile.»

(Lascia ricadere i capelli): «Tu non sai niente dell'amore».

Ma dove sono le Penelopi?

Studio avvocato Ballesio, stessa ora.

Diego: «Certo che voglio i soldi! 2000 al mese, tutti i mesi. Li scuce, altro se li scuce!».

Mentre Ambra si sfoga con Delia il marito conferisce con l'avvocato Leopoldo Ballesio, uomo serio salvo il suo eterno tic, un sorriso diabolico anche quando non c'entra niente. Fra i due la traccia di un'antica sottomissione al liceo, quando Diego era il prepotente, il conquistatore e lui l'occhialuto, il secchione, suo schiavo per un soffio d'amore. Ora che il Ballesio è un fior di professionista e l'altro un disgraziato gode ad assisterlo gratis, e si paga con la rivincita. Diego, con aria offesa:

«Dodici anni della mia vita s'è presa...»

«Ma non la scopavi da undici.»

«Non si scopano i creditori! Vorrei vedere te. Con una che paga il mutuo le rate la Playstation una che paga tutto... La gratitudine non l'ha mai fatto venire duro a nessuno.»

«Senti io non faccio miracoli. Con gli alimenti magari la spuntiamo, ma per la casa non c'è appiglio. L'ha pagata lei, tu che c'entri?»

«Io la abitavo. È mia. Ambra non ci stava mai, puliva e basta. Che ne sa lei di quella rughetta sul muro che io osservavo per ore, sognando? Mi ha fregato. Credevo che saremmo invecchiati insieme.»

«Tu e Ambra?»

«Io e la casa. Mi ha tarpato le ali. Senza di lei chissà dove sarei arrivato. Ma lei con le sue mollezze materne... per avermi in suo potere... E ora mi sbatte sulla strada. Orfano, senza un futuro...»

«Ma hai 38 anni! E dài, almeno fra noi: l'avevi plagiata ben bene. Ma come hai fatto, che la mia manco mi fa fumare in casa?»

«Comandano loro, 'ste troie. La forza non serve più. L'ho domata con la debolezza. Mi venerava perché ero inadatto a vivere. Per lei ero l'uomo puro, l'incorruttibile. L'ho addestrata giorno per giorno, non pretendeva più niente.»

«Ma tu non la toccavi proprio *mai*?»

«Mai.»

«Manco una carezza?»

«No. Quelle, se gli dai un mignolo... Adesso c'è questa malattia comoda... la depressione. Ti dà ogni diritto. Degli altri te ne puoi fottere alla grande. È una formula magica: dici "sono depresso", e ti portano l'acqua con le orecchie. Ma mica è stato facile, eh. La pace me la sono dovuta guadagnare. Sapessi che calvario. Pure dalla sessuologa, m'ha portato.

«Io però avevo intortato pure quella, due sgroppate fuori orario, ci vuole tanto poco poveracce..., così lei diceva ad Ambra è un uomo così delicato, così diverso da tutti, non lo forzi, non gli faccia i conti in tasca, e vedrà col tempo...»

«Rimorsi, mai?»

«Mai. Andava tutto benissimo. Fino a quando...»

Mentre l'avvocato completa la frase dell'amico, il suo ghigno diabolico per una volta cade a proposito:

«... t'ha beccato a letto con una sua amica.»

«Detto così sembra orrendo. Lo è stato. Per me. Mi aspettavo la solita giaculatoria, come hai potuto, nel nostro letto, ecc. Invece una sola parola: FUORI!

«Dove sono finite le Penelopi, le Anite, le Terese Confalonieri?...

«Io rappresento un bene in estinzione, come la foca nana. Ora che siete diventati tutti elegantini e femministi, quelle rimpiangono il tenebroso con la rosa all'orecchio che le prendeva a sberle. Eccomi, sono io. E questo ha un prezzo.»

«Falla corta, Die'. Fra poco ho un cliente vero. Uno che paga.»

Ma Diego ormai ha preso la china lirica e ci mette un po' a fermarsi.

«Quando mamma parlando di papà alla serva lo chiamava "il signore" su quell'impiegatuccio calava come un fuoco d'oro che lo incoronava. Oppure: "Ha stirato le camicie di MIO MARITO?". Quelle due parole volevano dire "qualcuno mi ha voluta davvero per una volta, davanti al prete davanti alla gente con le carte bollate, mica chiacchiere. Io sono sposata, io sono una signora – non mignotta, né zitella: Moglie".»

«Anch'io rimpiango quei tempi. Ma stiamo ai fatti. Come lo spieghiamo che ti sei fatto mantenere?»

«Uffa co sto mantenere, pure tu! C'è mantenere e mantenere. Almeno mi fossi perduto con una donna ricca. Macché. Una casuccia... Stipendio discreto, non dico. Ma bisognava sempre fare i conti... 'Sta pezzente. Quella carrierista quella arrampicatrice...»

«E dài, ma dove si arrampica? Giusto sulle scalette del commendator Barattolo!»

«Ma tu sei il mio avvocato, o il suo? Voglio il risarcimento. Prima anche l'ultimo dei pezzenti era un dio per sua moglie... ci hanno fatto cadere dal banchetto? Che paghino.»

«Questa avidità non farà buona impressione sul giudice.»

«IO L'HO SPOSATA, hai capito? Si è assunta degli obblighi… Allora a che serve un marito, solo a sfoggiarlo con le amiche?

«Paga, altro se paga… ah ma io parlo! Davanti al giudice dico tutto.»

«Tu parli troppo, Dieghi'. Pure a scuola. Eri prolisso e ripetitivo. Anche per questo ti bocciavano sempre.»

«Ti posso dire almeno l'inizio della mia piccola orazione?»

L'avvocato Ballesio lo sfiora con un liquido sguardo di tenerezza.

«Vabbe', dài.»

«*Chi sono i nuovi paria dell'amore? I maschi separati! Alla moglie restano i figli e la casa. Cioè, tutto. E il marito? Rovinato dagli alimenti, escluso dal focolare, paga salato una festa alla quale non è invitato…*»

«Ma che dici? Qui figli non ce ne sono.»

Un grido accorato:

«Ah, se ci fossero! A quest'ora sì che la ricattavo ben bene. Ma noi la facciamo nera lo stesso, vero Poldo?»

Diego ha tirato fuori il colpo segreto: chiamarlo col nomignolo di allora a rammentare ciò che non fu mai, l'ultima astuzia per commuovere chi un tempo era in suo potere.

Ma non funziona.

L'avvocato lo fissa negli occhi per una volta senza remote nostalgie sessuali – uno sguardo da avvocato che gli trapassa il portafoglio:

«Se apri bocca davanti al giudice siamo fritti.»

Diego registra amaramente il suo calo di fascino, e con dignità:

«Dirò solo quanto ho sofferto. Signor giudice si immagina come mi sentivo pensando che per me lei sopportava il suo capo, l'immondo Barattolo? che provava pure stancamente a metterle le mani su quelle chiappe mi creda non eccelse...»

«E come ti sentivi?»

«Figo! STRAFIGO! Il meglio del mondo!»

Dalla retorica Diego passa repentinamente a una risata asinina che li riporta a quando correvano in cortile dopo aver preso a buffo i cornetti dalla bidella che mai avrebbero pagato, vent'anni prima.

«L'avevo messa sotto come nonno con nonna, in un altro modo... pensa che è pure femminista. Mi serviva come un pascià e intanto mi parlava sempre della parità... e io le davo pure ragione!!»

Ridono con abbandono – ancora nel cortile, in un'antica ora di ricreazione.

Confidenze di merceria

Elenco delle altre visite di quel mattino

30 anni dopo

Wanda. Sola. Bruttina fin da giovane. Da tempo ha rinunciato a tutto, 50 anni portati che peggio non si può. Ma oggi ne dimostra 30: è arrivata la sua occasione, il riscatto di una vita: si è rifatto vivo il suo amore di ragazza, il francese, che venne apposta per lei dalla lontana Digione, su una Deux-Chevaux scassatissima, quando lei aveva 18 anni e lui 26. In questa storia tutta di numeri, dopo 31 anni l'ha cercata dappertutto. Dagli amici di allora, nel posto dove non lavora più, e finalmente l'ha rintracciata attraverso il fratello, al quale ha detto:

«Devo ritrovarla, ne va della mia vita.»

All'epoca non si erano congiunti. Si desiderarono a vuoto, perché Wanda era troppo spaventata di perdere la verginità. Ma adesso, se si rimettono le mani addosso...

Lui arriva domani. In aereo stavolta.

E Wanda compra, e sogna, e si prova allo specchio la biancheria sinuosa poggiandola sopra il vestito da Cenerella, e canticchia una canzone di Jacques Brel che andava ai tempi di quell'amore: *Ne me quitte pas – Ne me quitte pas – Ne me quitte pas.*

(continua al capitolo 6)

Come un nascosto palpitante cuore

Anna. Dudù le ha dato un soprannome lungo all'uso pellerossa: *Alla-fine-ce-lo-fanno-vedere-poco-e-male.*

Da due anni ogni martedì alla stessa ora va da loro e racconta con le stesse pause le stesse facce che lei è religiosa e il marito no, ma col tempo credeva di indicargli la via, perché se ci si sposa davanti a Dio il matrimonio è indissolubile in questa vita e nell'altra – ma se dopo uno va in paradiso e uno all'inferno, è un divorzio eterno. Cosa non aveva fatto per salvarlo! A forza di pianti scioperi ricatti il marito aveva ceduto al rosario, alla messa, ai digiuni.

«Sembrava contento. Un giorno di punto in bianco ha chiesto il divorzio. E sapete perché?»

Sì lo sanno. Ma lei sospende la frase, e li guarda con occhi fiammanti, come stesse per mollare la notizia sensazionale che cambierà il mondo:

«Per darsi alla pazza gioia! Per fornicare! Un'amante dopo l'altra, la più vecchia avrà vent'anni!»

Piange. Sempre lo stesso numero di singhiozzi. Delia:

«Io le consiglio...»

Anna la zittisce. Non vuole consigli, vuole dare spettacolo delle lacrime.

Smette di colpo.

«Strano però. Il lussurioso con me non l'ha mai fatto. ANZI.»

Ecco, è arrivata alla frase fatale:

«Che poi, tirando le somme, LORO alla fine ce lo fanno vedere poco e male.»

Alla duemillesima volta che la sente, Delia apre la rivista «Love» e le legge un brano della "Posta del cuore" di Nonna Oca, per lei e Dudù fonte d'ispirazione:

«Ma perché dovrebbero per forza farcelo vedere? A noi? Le donne d'oggi? Le soppesatrici, le saccenti, coi vizi ormai dei critici tromboni quando si tratta di giudicare i nostri antichi padroni? E se ce lo avessimo, tu ed io? Non lo terremmo forse stretto e rinfoderato, come un cavallino che si protegga dall'inverno?

«Come un nascosto, palpitante cuore, perché non ci venisse anzitempo tolto, o fatto a brani?»

Anna si offende. Va via senza salutare, giura che mai più si confiderà con loro – facile ora che ne ha appena abusato, come il drogato che ha appena assunto la dose dice: «È l'ultima volta».

(*continua al capitolo 6*)

Dalle bugie del corpo non si torna indietro

Elodia. Bella e mesta.

Dopo una brutta esperienza con un intellettuale, si è cercata un forzuto dal bel cuore che non sapesse niente di Mitteleuropa. E lo ha trovato. Lo adora, il suo Nino.

«Sì, qualche volta litighiamo. Ma con lui è semplice: quando lo faccio arrabbiare mi riempie di cazzotti e dopo va tutto a posto.

Niente vendette cinesi, tormenti, sottintesi. Tra le sue braccia non si richiede la pratica inumana della spiegazione.»

Ma proprio con lui è frigida.

«Nemmeno stanotte sono riuscita a farlo. Ora devo andare a Prato, mia sorella ha avuto un bambino beata lei... e quando lo lascio ho sempre paura che incontri una più... a posto di me e vai a riacchiapparlo, dopo. Se tu e Dudù gli poteste dare un'occhiata, che fa, chi vede, se porta a casa qualcuna...»

Delia si indigna.

«Ah no, e che siamo spie? Non ti vergogni?»

«Sì.»

«Ma tu e lui... siete sinceri a letto?»

«Che vuoi dire?»

«Molti fanno una parte, e forse anche voi. La vergogna è nemica dell'amore: se non sei sincera a letto, dove mai lo sarai?»

«Ma... io non so...»

«Sta' attenta. Dalle bugie del corpo non si torna indietro.»

(*continua al capitolo 7*)

2
A cosa serve l'amore

L'angelo del buio

Delia commenta la storia di Ambra.

Delia: «Un po' lo capisco, il marito. C'è una dolcezza nel farsi mantenere. Anche a me piacerebbe. Ma solo da chi amo. Se qualcuno spende per me, mi commuovo».

"Le è mai successo?"

«No.»

Lui finto innocente:

"Nemmeno con suo marito?"

Delia sbotta:

«Ma tu che vuoi da mio marito? Oggi è la seconda volta che... tu non lo devi nemmeno nominare il mio Carlo! Ma come ti permetti di giudicarlo? Lo conosci? No! E allora sta' zitto. Se n'è andato, è vero, ma mi ha lasciato proprietaria di una casa di tre piani.»

"Sì, con dentro un figlio bugiardo come lui..."

«Dudù!»

"... e maleducato..."

«Se è maleducato è anche colpa mia!»

"Per favore non mi interrompa quando sono ispirato. Una

casupola con dentro pure i suoi vecchi – quella Cianciulli[1] della madre, quella vittima del padre, quel fascista del fratello... e tutti da mantenere. Suo figlio invece di studiare si fa le canne..."

«Ma se prende tutti 30 e lode!»

"Sai che sforzo. Oggi sono tutti così asini, pure i docenti, che basta parlare l'italiano.

"E poi, bello com'è, con quegli occhioni azzurri sarei bravo pure io."

«Invidioso?»

"Appena appena. Sono bello anch'io. Non è per questo che mi ha assunto?"

«No! Ti ho assunto perché eri muto. Che ne sapevo io che non stavi mai zitto con le mani? E che passavi il tempo a cantarmele sul muso?»

Dudù la guarda, amareggiato:

"Dunque non ha capito che è un segno di favore? Non vede come sono falso con le clienti? E untuoso, e leccaculo? La severità è un privilegio che riservo a lei sola."

«Grazie, ma da oggi la pianti. O ti sbatto fuori.»

"Brava! Un po' di grinta, finalmente. Merito del mio accanimento didattico.

"La trasformerò in una tigre, che disperda con un ruggito quelli che si approfittano di lei. La famiglia, le clienti che non pagano mai, il primo che passa. Ma perché è così al servizio di tutti? Per viltà, per debolezza? O per una delicatezza così profonda che – se fosse – bisognerebbe amarla in eterno?

"Ma che tipo è lei?"

[1] La quieta vecchina che in tempo di guerra, quando tutti si arrangiavano, uccise una ventina di conoscenti per farne sapone.

«Che ne so. È la prima volta che me lo chiedono. Io sono un tipo che deve pagare i conti.»

Come evocato dalle sue parole, si affaccia un tristo giovane. Cravatta macchiata, naso a viticchio.

«Desidera?»

«Devo staccare la luce.»

È un esattore dell'Enel. 1200 euro di bollette inevase.

Dudù si mette fra lui e il contatore.

Delia supplica:

«Fuori ci sono 40 gradi! Senza l'aria condizionata qui non ci viene più nessuno. Già siamo mezzi rovinati...»

Ha parlato con una vocina così umile e bambina che smuoverebbe chiunque. Ma non lui. È un funzionario inesorabile. Infatuato della sua missione. Da piccolo sognava di fare l'esattore. In cuor suo si chiama con orgoglio "l'angelo del buio". Non lo ha mai confidato a nessuno. Ma se gli riesce di conquistare una certa ragazza, a lei un giorno lo dirà: "Tamara, io..."

«E se paghiamo adesso?»

«Perdo il posto.»

L'esattore dà una spinta a Dudù, armeggia sul contatore. Eppure d'un tratto qualcosa accade in lui – capricci del potere – mentre sta per agire il suo attivo naso annusa l'aria – il profumo di sandalo di Ambra ha dolcemente sgominato gli avanzi di tuberosa – egli aspira – l'inflessibile si flette. Rinfodera le tenaglie.

«Vabbe', va'. Se andate a pagare subito, per la prima e ultima volta in vita mia chiuderò un occhio. Subito, però. Torno fra un'ora. E se non mi mostrate la ricevuta...»

Con le dita a forbice fa un segno di ZAC nell'aria.

Esce.

Delia e Dudù si guardano. In cassa ci sono duecento euro.

«E adesso?»

Dudù caccia dalle tasche 10 biglietti da 100 tutti stropicciati.

"Ci sarebbe il mio stipendio."

«Oh no, Dudù! E tu?»

"Io vado. Mi giuri che in mia assenza non fa credito a nessuno."

Invece di lanciarsi fuori Dudù fa un salto indietro: un motorino a tutta velocità sta piombando contro la vetrina, ora la sfonda – a un pelo dal cristallo si ferma. Ne scende Mao, il figlio di Delia. Spalanca la porta: un'emergenza a casa, c'è bisogno di lei all'istante.

«La nonna ha tirato un barattolo di pelati al nonno. Lo ha ferito alla fronte, perde sangue ma rifiuta l'ambulanza, dice voglio morire così LEI va dentro. Flor è svenuta, hanno perso la testa tutti.»

«Ma perché? Che aveva fatto il nonno?»

«Strillavano troppo, non ho capito bene. Forse il cane del nonno ha pisciato sulle rose,[2] o qualcosa di ancora più grave. La botta è stata grossa, roba da commozione cerebrale. Se non lo curiamo quello muore, o ci resta scemo.»

«Volo. Ma Dudù allora deve badare al negozio... e le bollette chi le paga? È urgente.»

«Ci vado io, mamma.»

«Di corsa però! Poi consegna subito la ricevuta a Dudù. Se no tagliano.»

Mao prende i soldi e sfreccia via. Un'amichevole fragran-

[2] L'intoccabile cespuglio di rose rosse della nonna, simbolo della sua vitalità e del suo potere.

za di marijuana calabra si intreccia al sandalo, in un duetto gentile.

Mettendo in moto Mao dà una bottarella alla vetrina. Gli scaffali tremano.

Delia a Dudù:

«E poi di' che non è un bravo ragazzo.»

Dudù le fa scivolare qualcosa nella borsa, di nascosto. Così gli piace farle i regali: che se ne accorga solo a casa e faccia un sorriso tutto per lui.

È un testo rarissimo che Delia si è dannata a cercare, *Storia della centina nel Friuli*. La storia del ricamo la avvince come un romanzo d'avventure.

I misteri di Dudù

Come avrà fatto a trovare quel libro, Dudù? E chi lo sa. Reperire volumi scomparsi dal mercato e dalla memoria non è la sua unica specialità. Ne ha tante che l'elenco sarebbe lungo come un calendario. Tanto per dirne qualcuna: è un genio della contabilità. Riesce a far quadrare *qualsiasi* bilancio, perfino quello disastroso della merceria, tanto che alla fine se la cavano sempre. Qualunque cosa faccia, gli riesce. È formidabile anche come investigatore. Se si mette in testa di scoprire qualcosa su qualcuno, in un lampo riesce a saperne più di un biografo.

Ma la cosa che stupisce Delia è la velocità. Sbriga le commissioni più rognose in un batter d'occhio, e non ha nemmeno il motorino. Per lui non ci sono ostacoli né attese. Nei meandri più impenetrabili della burocrazia, ottiene sempre un permesso a tempo record. Va, e chiude in un'ora faccende per cui ci vorrebbe un mese.

E non si vanta. E non racconta. Quando uno dei suoi prodigi va a buon fine, fa un sorrisino da gatto del Cheshire come dopo una gustosa marachella, ed è tutto.

Scherzando con le clienti Delia dice che il suo aiutante ha i superpoteri. Che in negozio fa Clark Kent, ma appena dietro l'angolo si tramuta nel superuomo volante.

E poi, non sapendo parlare, come fa a spiegarsi? Però non l'ha mai chiesto al suo bizzarro impiegato. Quel lato ignoto le dà una sicurezza misteriosa, come le fiabe che le raccontava suo padre.

L'uomo angelicato

Nella vampa del caldo Delia corre verso casa. Il tiglio invisibile di un giardinetto di città chiuso come un comò le manda un aroma di speranza. Ma è un soffio. L'aria è un tubo di scappamento, il marciapiede una piastra a 200 gradi, lei sta in pena per il nonno.[3]

Sarà grave? E se muore? È l'unico simpatico e poi, la vecchia le resterebbe sul gobbo. Alla sua età mica la mettono in galera, le danno i domiciliari, cioè le starà SEMPRE in casa... faccia a faccia, senza quel caro uomo che assorbe il 50 se non il 60 per cento del suo odio.

E Dudù? Lui rimedia sempre. Non è la prima volta che la salva. Come farà senza stipendio? Che, bellino com'è, faccia marchette con dei signori ipocriti e seriosi ma al dunque un po' avari, per aiutarla? No – sarebbe una passione così mostruosa, non ci si può pensare – 30 anni di distanza...

[3] Alvaro, padre del suo ex marito, detto il nonno dopo la nascita di Mao.

Dudù non va bene nemmeno come uomo angelicato. Troppo domestico. Troppo vicino. E poi lei ne ha un altro.

Una chimera vana e scottante di cui nessuno sa niente, l'amato specialmente.

Come fa sempre, Delia ha eletto un cavaliere ai piedi del quale deporre il suo modico eroismo, uno spettatore immaginario delle privazioni, degli sgarbi, dei piccoli capolavori che nessuno vedrà.

Dopo la fuga del marito, di chi non si è innamorata Delia in modo occulto e inconcludente, per non pensare a lui? Di chiunque. Compresa qualche cliente.

Ma è sempre un ritratto col doppiofondo, che se lo smonti ci trovi dietro la faccia di Carlo, col suo sorriso che perfino in foto sembra dare del cretino a chi lo guarda.

Al momento il simulacro è il professor Carpinella, marittimo in baby pensione coi capelli dritti e gli occhi ingenui, che viene a comprare i bottoni con l'àncora e pagando le sfiora la mano. Per caso?

E chi lo sa. Che gliene frega, a lei?

Lei non vuole l'amore vuole un pensiero d'amore.

Di tutto può fare a meno: del parrucchiere del cinema del rispetto dell'automobile degli sport invernali di un vestito degno del nome degli avvenenti angeli di Rublev indispensabili anche in una riproduzione dozzinale, di un amante delle scarpe nuove – ma non di *quello*.

L'importante è non conoscerlo veramente.

Per offrirgli tutto come a un dio ignaro, purché la faccia sorridere purché galleggi nel fondo di un sogno.

Delia ha figliato ha allattato è stata nei letti ha militato con disciplina nella carne e ora finalmente si permette la sua età ideale, i sei anni, quando lo sguardo era tutto. Ora si permette il lusso della castità. Più invecchia più le piace innamorarsi come a scuola. La sua castità è una tentazione d'immortalità.

E intanto si va avanti.

Delia ha imparato a muoversi tra i fantasmi prendendoli per veri.

Sa fare solo quello, ma bene.

La grande illusione

Non è stato sempre così. Dopo l'abbandono del marito[4] ha dovuto "rifarsi una vita". Rifarla, dagli orli del mattino, a tutto.

Non aveva mai tradito Carlo. Non per principio: la sua fedeltà era una raffinata forma di felicità, che la maggior parte, indaffarata ad arraffare, non conosce.

Dopo il divorzio Delia si è trovata da sola per la prima volta.

Un po' le amiche un po' la curiosità un po' per dispetto, si è sentita in obbligo di fare esperienza. Si è buttata nei letti come chi fa il soldato.

Ci fu anche un nano.

[4] Quando finì con Carlo, i più contenti furono gli amici. Sotto le frasette di condoglianze affiorava lo sconcio tripudio. Dopo un matrimonio d'amore, la prima notizia di discordia rompe l'isolamento degli sposi. È allora che gli invitati celebrano la vera festa di nozze. La festa della malvagità. L'amore è finito – allegri, maiali. La mancanza d'amore è di nuovo legittimata. Lui l'ha tradita, è scappato con un'altra in Argentina, lei per rabbia gli metterà le corna? Quei confetti che mangiammo cupamente ora possiamo digerirli: ancora una volta l'unione è disfatta. *Il guaio vero del matrimonio è che rende pubblica l'unione, esponendola al linciaggio. Se i matrimoni fossero segreti, che festa!*

Ma sotto il travestimento da libertina, come i baffi del lupo che fa la nonna spuntava la bambina zelante che a scuola aveva imparato una cosa sola: le promesse si mantengono.

Così seguiva un principio ferreo. Se lo fai venire duro a un uomo poi ci devi stare, è un dovere morale.

All'inizio ha applicato la regola con testardaggine, poi ha capito che non le sarebbero bastate dieci vite, e ha desistito.

È stato allora che ha scoperto le donne. Sessualmente interessanti, ma non ha avuto fortuna. Una volta sì, per poco. Aveva incontrato la più sensuale la più spiritosa la più matta delle ragazze. La amò, e la figura di Carlo si accartocciò come nei vecchi cinema quando si rompeva la pellicola.

Poi un giorno la sua amata smise di ridere. E aveva sempre sonno.

Una mattina invece di lei trovò un biglietto, e non la vide più.

Delia l'ha cercata in altre donne ma ha incontrato quelle sbagliate, e ha desistito. Desisti oggi desisti domani è scivolata nell'astinenza. No man's land. Una zitella che sogna.

Un minimo gesto d'amore lei lo fa durare come il lecca lecca un bambino povero. Ma oggi chi lo sa più cos'era un lecca lecca? Era l'idea platonica della caramella. Era una caramella immaginaria, come l'amore.

Del maschio le piacciono i segni esteriori, la foto del nonno nell'ovale, i baffi, l'odore di tabacco forte. La camicia, la cravatta, le scarpe.

Il maschio è per lei come nel film di Jean Renoir, *La grande illusione,* una storia di guerra, dove la donna tedesca che ha nascosto un francese (Jean Gabin), quando lui deve andare via gli dice

«Mi mancherà il tuo passo d'uomo per casa.»

Il maschio, per lei, è quel passo.
Il passo di suo padre, così affettuoso che oggi con l'ossessione paidofila lo avrebbero carcerato. La domenica mattina Delia andava nel suo letto, si nascondeva nell'Africa pelosa del suo petto e con quei peli faceva le treccine.

Gli amori femminili le hanno molto giovato. Dopo, tutto è cambiato con le donne. Le è rimasto verso di loro un entusiasmo, una tenerezza, un risolino da sabba. Da quando non ci va più a letto le tratta come fidanzate, con un sottofondo galante. Le sposerebbe tutte, le sue clienti. Meno la signora Fini.

Gli amori immaginari le fanno ruotare il mondo, come la palla di vetro azzurra con l'acqua dentro che le regalò suo padre, che rovesciata veniva la neve – ed era Pietroburgo, era Cina.

Però col professore qualcosa di concreto c'è stato. Un momento di confidenza, in negozio, da soli – lui d'un tratto s'è aperto la camicia, le ha mostrato una cicatrice sul petto, e le ha detto all'orecchio come se temesse microfoni nascosti
«Io sono un invalido del Fascismo Femminista.»
Poi più niente di personale, mai. Ma quando la incontra la fulmina con occhiate d'intelligenza.

Ripensa alla frase di Dudù.
Se il marito tornasse, lei se lo riprenderebbe?
No. Così lontano è come assunto in cielo.
E poi s'è fatta brutta.

È quasi arrivata a casa che di colpo la stradina si spalanca come in un cartoon come al computer, il sordo colore dell'asfalto vira in turchese, il bollore diventa frescura, brezza, onde.

Dal fondo viene avanti in bicicletta il professor Carpinella, che LA GUARDA, E LE SORRIDE.

La mano ambrata di nicotina si leva a salutarla, cinque dita ognuna con un'espressione diversa. Tutto sparisce. Il suocero le bollette pure la suocera sparisce, e la faccia di Carlo sommamente da culo quando faceva il contrito col piede già sulla scaletta dell'aereo che lo portava dall'altra, tutto sparisce per lui che passa in bicicletta sfranto dal caldo e un atomo del suo sudore le arriva al naso – e si sente capace di tutto. Di tener testa alla nonna di resuscitare il nonno di salvare il negozio e chissà che altro, avanti! Ditelo e lo farà. A questo serve l'amore. Se no, a che cazzo serve?

3

Dramma della gelosia

L'anniversario

Però, quando entra in casa, l'icona posticcia del professore non può più nulla. Dall'appartamento dei nonni viene un coro di singhiozzi luttuosi e grida cavalline.

Alvaro! Povero Alvaro. È andato.

Delia vede le esequie, la suocera che segue il feretro fra due poliziotti, fiera del suo crimine.

E Carlo, dovrà pur tornare per la morte del padre dopo che ha scaricato la famiglia sulle spalle della ex moglie e non è mai venuto a trovarli in dieci anni con la scusa che stava in Argentina e manco la curiosità di rivedere il figlio, qualche ora d'aereo mica era all'altro mondo... e se si presenta con la Nadia? Bisognerà fingere...

Apre la porta. Il nonno e la nonna sghignazzano attorno a uno spuntino col vino ghiacciato. Non erano pianti, ma risate. Li serve Flor che ride lei pure, mentre Alvaro passa i migliori bocconi alla Bionda, una cagnetta con la faccia da presuntuosa. Con loro banchetta anche don Ignazio, il prete della parrocchia. Bell'uomo, voce furba, passa ogni settimana a ritirare l'obolo di cui la suocera è generosa (i soldi glieli dà Delia). Ma quello è solo un assaggio: ben altri disegni ha don Ignazio sui beni della vecchia. E la corteggia in maniera quasi sconveniente.

Come tutte le anziane bigotte la nonna è innamorata del prete, e come tutte crede di essere la preferita. Conosce bene i suoi piani, lo lascia sperare e in cambio ottiene moine, e il pranzo del giovedì. Quando viene si mette come una bambola, come la vecchia di *Che fine ha fatto baby Jane?*

Delia è rimasta rigida sulla porta.

«Ma io credevo... mi avete fatto prendere un accidente! Papà, come ti senti?»

Il nonno le mostra il cerotto sulla fronte, e con fierezza ilare, in umbro:

«Me voléa leva' dal mondo, la mi' moje! Ma 'n c'è riuscita! Ciò la pelle dura, io...»

Ridono di nuovo tutti.

«Ma... mi dite che è successo?»

La signora Elvira, con entusiasmo:

«'L sé che ha fatto 'l tu' sòcero? Ha detto che giva a Abano a fa' i fanghi... e 'nvece è gito a Venezia co 'na poco de bono, 'sto strascinato! Ecco da chi l'ha prese le bugie, 'l tu' fiòlo.»

«Ma quando?»

«Nel 1956.»

«E tu il barattolo gliel'hai tirato adesso?»

Il nonno, con vivezza:

«Oggi è l'anniversario. Enno 50 anni giusti giusti da quando m'ha chiappato a gastrichino.»

La nonna:

«E 'l sè chi era lé? ''Na putàna de strada, 'na certa Rosita Vargas...»

Il nonno beve con delizia le parole della moglie. Dal suo sguardo beato si capisce che da giovane non ha agito invano.

Ha preparato una leggenda di corna per la vecchiaia, così avranno qualcosa da dirsi fino all'ultimo.

Il nome di Rosita Vargas passa fra loro come una fiamma ridarella, un corteggiamento in maschera.

E pensare che non è mai esistita.

A dimostrazione che la Storia Ufficiale spesso è inaffidabile, per le nazioni come per i singoli, ecco la verità.

La vera storia di Rosita Vargas

A 25 anni Alvaro era il più bello del paese. Il più conteso dalle donne, con un alone romanzesco. Grande giocatore di poker, dopo la guerra arrotondava lo stipendio giocando nel barcone-bisca sul fiume – ventata avventurosa del dopoguerra, la grande sbornia della pace – sua moglie ne andava fiera. Un borgo dell'Umbria era Singapore, e il suo uomo giocava d'azzardo.

A Umbertide, nell'alta valle del Tevere, per nove mesi si sta immersi nella nebbia e avevano tutti i reumatismi.

Anche Alvaro.

Pure l'Elvira era bella. Una ricciolina elegante, famosa per essere molto *soignée*, certi modelli da artista del cinema, e lui per questo e per il suo carattere dolce l'aveva sposata, come i principi delle fiabe scegliendola fra mille. Parecchi sguardi la seguivano quando andava a fare la spesa in quel paesino disperato, e i mariti la portavano ad esempio alle loro mogli sciattone.

Ma appena tornava a casa, l'Elvira si trasformava in un mostro. Vestaglia sfrittellata bigodini stretti calze bracalente e la faccia, giorno e notte coperta da maschere di bellezza.

Alla chiara d'uovo (color morto), allo strutto (lucida e gibbosa), al prezzemolo (verde).

Alvaro i primi tempi gridava di spavento.

Come si fa a presentarsi in un letto così?

Lei ci si presentava.

L'Elvira era gelosa. Il marito era suo, una volta per tutte. Aveva fatto qualsiasi follia per acchiapparlo, ma una volta catturato gli mostrava il peggio, anche con un certo gusto. Tanto ormai che poteva fare? Dove andava?

Mica c'era il divorzio, allora.

Quelle maschere se le spalmava per il fruttivendolo il calzolaio il prete per le altre, che dovevano schiattare al suo passaggio. E almeno fosse stata buona. Fuori, sempre col sorriso. In casa solo scenate. Con fredda malvagità lo fece litigare con la madre col fratello con tutti, e non fu contenta finché non riuscì a fargli tagliare i ponti con la famiglia d'origine. Voleva essere la sua unica padrona, lo divenne.

Alvaro fuori casa si fidanzava spesso. Lo avrebbe fatto anche se lei fosse stata più decente. Sennò poi che raccontava, al circolo. Non poteva deludere gli amici.

Nell'estate del 1956 Alvaro cominciò a camminare tutto storto, a lamentarsi dei reumatismi finché disse:

«Basta, è un martirio. Vado ad Abano a fare i fanghi.»

Lei finse di crederci.

Ma aveva un asso nella manica: già allora nella selvaggia Umbria ancora diroccata dalle bombe americane già stupidissime, lei assoldava un investigatore privato perché sorvegliasse il marito.

La sordida, l'economa, che risparmiava sul mangiare che rivoltava i cappotti che affamava la serva, lei che quando ebbe un figlio non gli comprò MAI un Topolino e se Carlo andrà all'inferno non sarà per avere sacrificato Delia ma per l'invidia provata allora per i figli del farmacista che avevano la collezione completa – TUTTI i «Topolini»!

Be' lei poi non badava a spese per quel Tom Ponzi di Perugia che stava in ufficio sempre col cappotto perché non c'era il riscaldamento, e i topi sfrecciavano impuniti.

«Vai pure, caro» dice al marito (trovava chic chiamarlo come nei film americani), poi si precipita da Tom Ponzi e gli fa:

«Abano Terme, albergo tal dei tali, segua quest'uomo.»

E lui con le mani sfatte dai geloni anche in estate, segna "Alvaro Bottoni, relazione extraconiugale".

Elvira era gelosa per divertimento, per ozio. Per il gusto di scoprirlo in fallo e trovare un motivo alle piazzate che gli faceva comunque.

La sua gelosia era massacro, sport attivo che elude le noiosaggini dell'amore creandone altre, dove son tutti colpevoli da indagare.

L'Elvira pensava alle corna come Arpagone ai soldi. Un tesoro da spendere per tormentarlo. La giovane sposa non andò da Tom Ponzi per essere rassicurata.

Voleva il delitto. Voleva la preda.

La ebbe.

La spia scoprì facilmente che Alvaro ad Abano c'era passato giusto per l'alibi, e poi era filato a Venezia in un alberghetto romantico:

«Si sospetta che sia con una donna.»

Elvira si ringalluzzì tutta:

«Già, fin qui ci arrivavo da sola. MA CHI È L'ALTRA?»

Mentre Tom Ponzi faceva le sue ricerche, Elvira si faceva

fare dei cappellini per andare a Venezia – ma prima telefonò all'alberghetto romantico:

«Pronto, c'è il signor Bottoni?»

«No, però c'è la signora. Gliela passo?»

Sbatte giù la cornetta.

Finalmente! Beccato! Trionfo! Lo tiene in pugno.

Nel geloso il poliziotto prende il sopravvento sull'amante: Elvira giubilava. Era pronta ad andare a Venezia pronta forse a uccidere, a cavarsi una grande soddisfazione comunque. Ha già il biglietto del treno e un coltello nella borsetta.

Aspetta con impazienza di sapere chi è quella che va con un uomo da moglie. Il suo Marlowe non lo sa ancora.

Nel suo ufficetto, il segugio aspetta di scoprirlo, più impaziente di lei: è martedì, da fuori viene l'odore di un banco di porchetta a 100 lire l'etto lui ne ha 5 non mangia da sabato, e la signora lo pagherà solo quando saprà quel nome. Finalmente un suo accolito più male in arnese di lui con una voce affabile da alcolista lo chiama da Venèzia e gli passa l'informazione.

La donna si chiama Rannusia Truncichella, è di Umbertide, alle nozze fu testimone degli sposi. Tom si butta sul telefono per avvertire la cliente. Ma quando sta già con la cornetta in mano che nel suo stato di debolezza gli pesa come il marmo, un uomo irrompe senza bussare, gli strappa il telefono grida:

«Fermo! Se parli, ci scappa il morto.»

Era entrato in scena lo zio Betto, il fratello di Elvira, il quale pure senza detective sapeva che il cognato era partito con la Rannusia, una cara amica di famiglia.

Per evitare la tragedia lo zio Betto corre da lui, lo trova in mutande (la versione estiva del cappotto contro le offese del clima) coi sorci che volteggiano come pattinatori. Lo zio Betto cerca di corromperlo affinché menta alla cliente dandole una falsa informazione. A nessun costo deve sapere la verità, sennò lui la conosce sua sorella:

«Quella va lì e li ammazza.»

«Paga in anticipo?»

«Sull'unghia.»

«OK. Ci sto.»

E insieme in una notte di creazione vuotando birre riempiendo portaceneri di cicche di Stop e Giubek con filtro si inventano il personaggio di cui i due sposi parleranno fino alla morte: una rivale risibile, di cui sarebbe un disonore esser gelose – Rosita Vargas, la zoccola colombiana. Un avanzo di troia che era sbarcata in Italia con l'Ottava Armata, quindi già un po' vecchiotta, un po' passata, un cimelio penoso se l'erano fatta tutti americani inglesi marocchini indiani si dice anche un setter gordon e ormai chiunque avrebbe avuto schifo a toccarla – meno Alvaro.

L'investigatore ebbe buon gioco a sconsigliarla di partire, facendo leva sulla vanità, che di lei era l'essenza:

«No signora non vada, una signora come lei, ci perde di dignità, non vorrà mica misurarsi con QUELLA?»

Saggiamente Elvira aspettò il ritorno del marito.

Dolce attesa, pregustando la vendetta.

Lui arriva e lei:

«Allora i fanghi, com'è andata?»

«Bene. Mi hanno un po' indebolito la schiena...»

E PAH! Parte uno schiaffo, lui corre nel giardinetto inseguito dalla moglie, due marionette che girano intorno a un albero, giostra di figurine quasi graziosa, e PAH! e PAH! Certi ceffoni...

E lui:
«Elvira, Elvira!»
E lei:
«Te la do io, l'Elvira...»
Giù botte e gli strappa anche un ciuffo di capelli, proprio sul davanti.

Il piccolo Carlo crebbe sentendo dipanare all'infinito il mito di Rosita Vargas.

La sognò, una volta. Sguaiata, sfuggente, pericolosa. Bellissima.

Ripensando alle botte di quel giorno i due vecchi sposi ridono fino alle lacrime, in un'estasi ignobile, mano nella mano.

Delia li guarda – e come un fulmine sente la nostalgia del matrimonio. Con tutte le sue miserie, i disprezzi taciuti il sesso povero i piedi freddi scaldati l'uno con l'altro pure se hanno litigato, nel covile del letto che non conosce vergogna gli indiscreti rumori che dopo un po' uno si lascia andare le crasse indulgenze i conti truccati per nascondere minuti egoismi, e quella tenerezza cagnesca quel vile conforto davanti alla paura della vita quasi che in due si potesse sfangarla quel meschino e altissimo senso d'impunità come lombrichi sotto un sasso quel senso di capanna, di riparo, invece che stima la pietà, ed è già qualcosa.

Per ritrovare un po' di giudizio Delia si ripete una sentenza di Nonna Oca:

Volgarità è essere dalla parte della propria degradazione.

Ma li invidia lo stesso. Loro stanno insieme, lei è sola.

Confidenze di merceria

Molestie sessuali con ricatto professionale

Ombretta. Opulenta, esibizionista, impiegata ai telefoni. Parla a voce alta, per un pubblico ben più vasto di due merciai sparuti:

«Il mio collega è passato e mi ha sfiorato! Ho letto che una tipa ha fatto dare a uno otto mesi per una pacca sul culo! Io lo denuncio! Bisogna stroncare le molestie sessuali. La legislazione dovrebbe essere così severa, da farle cessare DEL TUTTO.»

Dudù, tradotto da Delia:

«Dài, Ombretta. Questo non è possibile neppure sotto la più bestiale delle dittature. Ti immàgini una società dove il terrore della punizione sia tale da escludere il bacio improvviso, la carezza importuna, l'erezione subitanea? Mi fa tristezza, un mondo senza gli incidenti del desiderio.»

«Ah, così tu sei per la violenza!»

«No, piano. La violenza è orribile. Ma la molestia è troppo vasta, per poterla imbrigliare. Come fai a classificarla?»

«La molestia sessuale del mio collega comincia dallo sguardo.»

«E allora? Occhiali neri obbligatori? Vuoi mettere gli occhi in mutande?»

«Lo vedi che sei favorevole!»

«No, clemente. Come Dante. Nel XV del *Purgatorio* la moglie di Pisistrato chiede la testa del giovane che per la strada ha oltraggiato la figlia, osando baciarla.

«Ma lui risponde:

> *Che farem noi a chi mal ne disira,*
> *se quei che ci ama è per noi condannato?*»

«Chiacchiere. Quando cercavo un impiego, non mi sono MAI seduta davanti a un datore di lavoro senza che mi dicesse "Ti voglio".»

«La molestia sessuale del mio collega comincia dallo sguardo.»

Quando sono di nuovo soli, Delia a Dudù:

«Io ci rimango male, le altre appena escono di casa gli saltano addosso tutti. A me non mi ha mai molestato nessuno. Si vede che ero la più brutta.»

"Non se la prenda."

«Be', però una volta da giovane, un conoscente mi baciò di prepotenza per le scale. Meno male, se no davanti a queste qua mi sarei sentita uno straccio. Sono passati 20 anni e ancora me ne vanto. Non ci sono stata, ma in compenso l'ho detto a tutti. Mi sono creata una leggenda erotica alle sue spalle, da raccontare un giorno perfino ai nipoti, ad attestare che la nonna, un tempo, fu bella. Mi sono approfittata di lui. A lui la violenza non è riuscita, a me sì.»

Molestie sessuali con ricatto professionale

Con questo tipo di molestia Dudù è severissimo. Quando c'è il ricatto sul lavoro li manderebbe in galera anche per un sorriso.

Daria è carina, ha 46 anni. È un'ottimista. Fa la sceneggiatrice. Il suo sogno è fare le *Fiabe italiane* di Italo Calvino alla tivù.

«Ho dato il copione a uno del Secondo canale. Si chiama Rattoni e ha sempre il mal di testa, credo perché è mafioso e ladro. E proprio perché sembra il tipico boia ero sicura che fosse un travestimento del meraviglioso – capita! E difatti ieri mi chiama. Però manco si riesce a capire se le favole gli sono piaciute o no, insisto, su me lo dica, ma dovrei dire senta stronzo lei approfitta del suo piccolo potere per tenermi sulla corda? Mi invita loscamente a cena. Accetto.

«Vado, e scopro che le favole non gli sono piaciute per niente. Mi offre in cambio una fiction a puntate, turpe e già scritta. SE PERÒ VADO IN WEEKEND CON LUI, "così ne parliamo...". Insomma. In cambio delle belle favole propone una bestialità, e vorrebbe anche scopare. In modo che tutti vedano faccio spensieratamente con la mano il gesto di fottere:

«"Ah, ho capito! Ne parliamo!"

«Lui si gela. Io, a voce non bassa:

«"Per chiarezza: se io gliela do lei mi fa fare la fiction, no?"

«Il cameriere sta lì a sentire, maligno, e io:

«"Grazie! Non per la fiction, che lei non sa dove me la metto. GRAZIE PERCHÉ ME LA CHIEDE! ALLA MIA ETÀ MICA SUCCEDE TUTTI I GIORNI.

«Al tavolo accanto, conoscenti di Rattoni si bloccano per ascoltarci. Io, con garbo:

«"Io gliela darei anche, sa. Per quel che me ne importa. Certe volte mi pare che manco è mia, che me l'hanno imprestata. È perché quella cosa lì..." – ripeto il gesto – ormai tutto il ristorante ha smesso di mangiare e ci segue – "quella cosa lì, weekend, come la chiama lei... ho difficoltà. Mica perché lei non mi piace. Lei è... un bocconcino!"

«Qualcuno ride. Rattoni impugna il coltello. Mi ucciderà? Bravo! Piantamelo in testa! Mi innamorerei subito.

«"È che dei giorni mi diventa come un limone. E difatti perché crede che non uso gli assorbenti interni, eh? Perché? E poi sa qualche smagliatura, il culo non è quel granché tanto che sogno di rifarmelo... Lei e io, nudi, che ci diciamo?"

«"Ci vorrebbe un grande amore." (Al cameriere.) "Se lui fosse innamorato, magari..."

«(A Rattoni.) "Ma lei, scusi, è innamorato?"

«(Seria.) "Io credo nell'amore."

«(Serissima.) "Ma non si vergogna?"»

4

Mao il bugiardo

Gli estremi della tortura

Aprendo la borsa Delia ha un tonfo al cuore scoprendo il libro sulla centina nel Friuli – sorride – Dudù! È pure illustrato, con tali ingrandimenti che i fili sembrano tubi Innocenti. Come un'amante vuole rimanere con lui, loro due soli. Senza salutare per non essere trattenuta, gobba e lesta si avvia verso le scale. Ma non sfugge alla cattura. La nonna subito la richiama:

«Ehi, incosciente! Mi abbandoni?»

Vuol essere accudita solo da lei. Se si avvicina qualcun altro strilla, se si avvicina Flor strilla il doppio. Per la cura della persona ammette solo la sua ex nuora. Dice di fidarsi solo di lei, ma non è vero, lo fa per impadronirsi della sua vita palmo a palmo.

Così ogni giorno, per anni, e senza rispetto. Più Delia è disponibile più perde di valore, meno la suocera ha pietà: è un servizio che le ha lasciato suo figlio, le appartiene. C'è sempre un pretesto per interromperla qualsiasi cosa stia facendo, per creare l'emergenza, per sedurla con l'erotismo dei vecchi, la malattia.

E l'ora della concentrazione fugge sempre più lontana.

Delia ha constatato gli estremi della tortura. Quando crede di essere libera, ecco che il vortice familiare la riacciuffa, e in un labirinto di minute schiavitù la colpisce l'ingiustizia di essere donna.

Le faccende di casa le piace farle. Riescono sempre. E poi il rapporto è fra lei e le cose. Come Candido, Delia pensa che è veramente brutto il mondo, assai difficile è cambiarlo e allora, almeno i due metri attorno a lei.

Alla menzogna sociale preferisce stare fra le cose, che richiedono bravura: a una camicia non puoi raccontare balle. O la sai stirare, o no.

Qualche controindicazione c'è, per esempio la distorsione del rapporto con la famiglia. In sé, Delia considera l'essere artefice di pulizia cosa buona, compito sacerdotale. Ma invece si finisce guardiane di mutande e calzini. Ha scoperto che non si può avere un rapporto con le persone solo attraverso i loro rifiuti. Alla lunga ti contamina.

Con la nonna le pesa, perché lei ci mette tutta la sua propensione alla sevizia.

Delia le fa il bagno, poi il massaggio, durante il quale l'Elvira la tormenta parlandole del marito:

«Chissà dov'è ora, e con chi. Colpa tua. Bisogna sapperseli tenere, i mariti. Alvaro mi avrà messo qualche corno, ma dopo 50 anni siamo ancora insieme.»

La ginnastica. Il taglio delle unghie. Smalto trasparente quando non rosso diavolone.

Accurata pulizia delle orecchie. La abbiglia, la pettina, le legge una pagina del Vangelo che la annoia a morte, e dopo due ore finalmente Elvira la congeda.

Delia fila via, prima che ci ripensi.

Ma ogni volta che fa per aprire la *Storia della centina nel Friuli* la suocera la richiama.

La cotonatura si è già disfatta, bisogna rifarla.
«Serve altro?»
«No.»
Delia arriva a metà scala.
«Delia! Non mi hai pulito le orecchie!»
«Ma sì, mamma!»
«Non mi ricordo.»
E lo rifà.

Caro figliolo

Quando finalmente sale al secondo piano, dove abita col figlio, Delia al libro non ci pensa più. Vuole solo fare la doccia, già sente l'acqua fresca che laverà via per qualche istante caldo e tribolazioni.

Trova il bagno in un misero stato, come sempre dopo che c'è passato Mao.

Non ha tirato lo sciacquone non ha vuotato la vasca non ha chiuso il rubinetto, dal lavandino dove galleggia un sapone sfatto l'acqua straborda sul pavimento, l'orlo del water reca tracce giallastre il rasoio è pieno di peli, snelle mosche verdognole svolazzano come a casa loro.

Delia scuote la testa: tutto suo padre. In quei momenti le sembra che il marito sia ancora nell'altra stanza con la sua cara faccia tosta, quel modo così grazioso di dare ordini che a volte le manca più dei baci.

Pulisce a specchio, caccia le mosche.

Quando ha finito, dopo l'occhiata di soddisfazione che solo la casalinga conosce, dimentica la doccia e si mette a scrivere una lettera:

Caro figliolo...

Ed ecco dalla finestra entra un suono di pianoforte, come un improvviso scorrere di ruscello che allevia il caldo e la rallegra più del professore. Con quel *Lied* di Schumann anche la lettera viene meglio.

Sono Angela e Agata, le vicine, pianiste tutte e due, l'unica coppia non repugnante che Delia conosca. Anche quando vengono in negozio portano una ventata di pace.

Mica perché sono lesbiche, niente garantisce niente – ma perché hanno fatto l'incontro giusto.

Angela lo capì all'istante e lasciò per Agata il marito, un colonnello degli alpini che pensava solo all'esercito. Ma quando seppe di loro si accorse d'un tratto d'avere una moglie, si scoprì geloso, ebbe reazioni violente (durante le quali gridava: «Non si lascia un alpino!», come la Swanson in *Viale del tramonto*: «Non si lasciano le dive!»).

Deciso a non concedere il divorzio le fece vedere i sorci verdi. Le scatenò contro la famiglia, la danneggiò sul lavoro. Non voleva rassegnarsi a nessun costo a perdere la sua Angela, e poi per una donna. Solo una cosa lo vinse: quando Agata, esausta, gli offrì tutto ciò che aveva, 180 milioni in BOT per lasciare libera la moglie. Appena conclusa la transazione il marito, nell'euforia di quel buon affare si lasciò scappare che anche lui aveva un'amante («una vera femmina»), da molto prima che Angela e Agata si conoscessero.

Liquidato il colonnello, dopo tanti ostacoli le due amanti dividono una casa piena di cani e di musica, e ogni giorno non gli pare vero di stare insieme.

Certe volte litigano pure loro e nell'aria invece di Schumann arrivano strilli e insulti.

Finché la finestra della camera da letto si chiude, e più niente.

Una cosa manca alla compiuta felicità: vorrebbero un figlio. Non hanno più l'età per farlo e adottare non si può, la legge non lo permette. Ogni volta che ne parlano ad Angela si velano gli occhi, come l'ombra di un segreto. Sembra voler dire qualcosa alla sua compagna, ma tace.

Delia sente sbattere il cancello, sta rientrando Mao. Finisce la lettera.

Come ai cessi pubblici, ove si gareggia nell'indecenza

Mao entra in giardino col motorino. Vandalo per distrazione, lo parcheggia come viene. Appena gira le spalle il motorino cade in pieno sull'aiola di rose della nonna, schiacciandole tutte. Non se ne accorge.

La madre si affaccia in cima alle scale:

«Hai pagato le bollette?»

«Sì, mamma! Ho fatto appena in tempo.»

«E hai dato la ricevuta a Dudù?»

«Certo, tutto a posto.»

Entrando Mao butta il giubbotto su una sedia – dalle tasche cadono le bollette e qualche banconota da 100, smascherandolo.

Delia si china a raccoglierle, desolata.

«Oh, Mao! Era importantissimo... Ma perché non le hai pagate?»

«Mi hanno sbattuto lo sportello in faccia. Ho fatto una corsa disperata ho rischiato la pelle e tu, invece di essere contenta che sono salvo...»

«Me lo potevi dire. Ma perché dici tante bugie?»

Mao, sincero: «Io non dico le bugie. Le bugie dicono me».

«È colpa mia, vero?»

«Uffa, mamma, sei megalomane! È colpa tua di tutto! Se c'è una cosa che odio è essere scoperto. Lo capisci, no, come mi sento?»

«Sì, ma... ora mi avranno tagliato la luce...»

«Domani ci ho pure l'esame! 2000 pagine... e tu mi fai una scenata?»

Ma quale scenata. Delia parla piano, e sotto sotto è dalla sua parte: riconosce in lui le sue stesse bugie – tutte propiziatorie, sostituto della bacchetta magica, burla e visione più che inganno.

Come sempre nei momenti difficili, Mao si chiude in bagno. Solo lì si sente in salvo.

Mentre è intento in una scrosciante funzione che spruzza fuori e dentro, vede davanti a sé, sul muro, una lettera fissata con lo scotch.

"Mi ha scritto un'altra volta... questo vizio non lo perderà mai."

Legge:

Caro Figliolo,

la moralità comincia tirando l'acqua al cesso.

Non ci importa dunque che la mamma ci consideri solo un piscione senza fantasia?

Come ai cessi pubblici, ove si gareggia nell'indecenza, macchie giallo denso bruttano l'orlo della tazza e le moschine verdi, amiche delle lordure, volteggiano per la stanza, con un effetto rattristante per la Mamma.

Ella si dice: con altri non lo farebbe.

Dunque è proprio la Mamma la pattumiera di ogni incuria?

Non vogliamo invece sedurla, e davanti a lei apparire come smaglianti angeli, prima che eroici, PULITI? capaci di badare ai nostri rifiuti, attenti a non lasciare come nostra unica traccia nel mondo un rigagnolo di piscio?

E pensare che è così bello accudirsi decentemente! Così di soddisfazione il gesto con cui ci chineremo a lavare il water, assaporando la casta gioia di chi, usando i servizi dopo di noi, non avrà a schifarsene né a maledirci.

Prova dunque caro Figliolo a cancellare dietro di te croste, umori e peli, e te ne troverai di sicuro più contento.

La tua mamma

Magari lo rimproverasse come le altre madri. No, le letterine pedagogiche, lei. Mao se le ritrova infilate nel giubbotto, sotto il tovagliolo, sopra la Playstation…

Quante gliene ha scritte, pur sapendo che non servivano a niente.

Fastidiosa è fastidiosa, ma – che tenerezza.

«Povera mamma. Non lo fa vedere, è discreta come un passero – ma soffre. È sempre innamorata di papà, sennò perché si cuccherebbe i nonni? Lei è come i dobermann, che ci hanno un padrone solo. Non la scopano da 10 anni, non le fanno una carezza da 20…»

Pentito ma non redento, intanto fa come sempre. Si guarda bene dal tirare l'acqua, butta l'asciugamano per terra.

Ma sente il bisogno di essere buono, di fare qualcosa per la madre.

Ha deciso: stasera si studia.

L'imbarazzo di avere una madre

La madre si affaccia alla stanza di Mao, chino dietro una pila di libri, intensamente concentrato.

«Ma che hai fatto? Hai speso i soldi delle bollette?»

«Io?»

«Erano 1200, ce ne sono 400… che fine hanno fatto?»
Mao, con tetra autorevolezza:
«Ti prego, non chiedermi niente. Non stasera.»
Come spiegare a quella mente annebbiata dal ruolo materno che l'ha fatto senza malizia, per caso. È vero che per arrivare ha corso tanto che quasi si spiaccicava contro un autobus, vero che all'Enel ha trovato chiuso.
Ma poi ha incontrato il suo amico Tony, per caso, ex compagno di scuola e suo fornitore abituale, che aveva, per caso, 800 euro di nero da leccarsi i baffi.

Delia chiude la porta. Ma la riapre subito.
Mao ha un gesto di insofferenza. Ci siamo. Alle lettere pedagogiche segue sempre un sermone. Proprio ora, con quel che ha da fare. La madre, con lo sguardo perso:

«Eh caro mio, fare un figlio… Lì per lì non ci pensi, lo fanno tutti. Ma poi capisci che è un atto temerario. Dai la vita – cioè metti uno in una condizione dalla quale non sai come scappare nemmeno tu…»
«E dài non ci pensare.»
«Per essere madre, una bisogna che è matta. O è cattiva. Be' ormai l'ho fatto.»
«Buonanotte.»
Lei non si muove.
«Appena sei nato, ho capito che la prima libertà che si perde è quella del suicidio – l'unico rimedio alle figuracce estreme. Ma essere madre vuole dire, fra le mille cose che vuole dire, anche non potersi sparare subito.»
«Uffa mamma! Ma che razza di discorsi? Mi lasci studiare o no?»
«Be' anche per un figlio mica dev'essere facile. È tale l'imbarazzo di avere una madre, che le religioni aggirano l'osta-

colo. Buddha nasce da un fianco, la Madonna è vergine. E anche tu avrai qualche problema…»

Mao è allibito:

«Mamma, pietà! Un po' di rispetto! Proprio stasera?»

«Già, che ti parlo a fare? I figli sono come gli amanti. Guai a corrergli dietro.»

Se ne va. Finalmente Mao può continuare la sua opera: non stava così gobbo sul tavolo per studiare. La madre l'ha interrotto mentre si confezionava una canna con la nuova roba di Tony. Vuole darsi coraggio prima di affrontare quei libri che aspettano dritti, in piedi, di schiena, di essere almeno una volta aperti. In vita sua ne ha letto uno solo, *I dolori del giovane Werther*, perché si riconosce nel personaggio.

"Vado matto per quell'ozioso che passa il tempo a parlare d'amore, e quando sarebbe l'ora di mettere la testa a posto, pur di non andare a lavorare si spara un colpo.

"Ma perché sono così bugiardo? Perché ci sono nato. Il mio unico senso dell'onore è tener fede alle bugie. Sono capace di tutto per dimostrarle. Bugia, *more geometrico demonstrata* – come Spinoza. E poi dicono che sono ignorante."

Mao dallo psicanalista

La roba di Tony è ottima. Fumando vede fluttuare nella stanza brandelli di passato, quando lo mandarono dallo psicanalista per curarlo della sua eccezionale inclinazione alla menzogna.

Mao: «Sia chiaro: io sono qui perché mi ci ha mandato mio padre».

Psic: «Pure io: figurati, volevo fare il pilota».

Dopo lunghi studi, il dottor Guadagnino aveva elaborato

un metodo nuovissimo, che rivoluzionava il rapporto coi pazienti: invece di ascoltarli, raccontava i fatti suoi.
Cominciò subito:

Psic: «Ieri ho scoperto che ho le corna».
«Mi dispiace. Ma… e io?»
«Tu è inutile che parli. Siamo tutti incurabili. Io opero coltivando la nevrosi, come una piantina, finché si fa alta alta e di lassù si vede il mondo piccolo, e si diventa santi.»

Fu una lotta: si erano incontrati due chiacchieroni di pari forza, e qualche volta lo psic dovette rassegnarsi a dare la parola a Mao. Quando parlava lui, il dottore si sdraiava sul lettino con gli occhi chiusi. Mao:
«Capisce quanto se ne fregano di me? Pagano lei perché mi ascolti al posto loro.»
Lo psic, dormendo: «Devi capirli. Entrare nella tua psiche li sconvolge».
«No, li annoia. Lei non sa quanto si annoiano genitori e figli.»
Lo psic russa: «Bzzzzzzz…».
Mao imperterrito: «Facciamo a chi soffre più di sensi di colpa, in casa mia. È contagioso, come l'influenza, e ce lo passiamo. Solo papà ne è immune. Ma lui è immune dalla vita, è un'altra cosa».
«Bzzzzzzzzz…»
«Mamma però esagera. Pensa sempre che sbaglia tutto, VIVE di sensi di colpa. E io me ne approfitto. Sono pieno di rimorsi, ma me ne approfitto lo stesso.»
«Bzzzzzzzzzzzzzzzz…»
«Mia madre m'ha tirato su con la paura della fine del mondo. È l'unica educazione che m'ha dato, ma completa. Dicono che le favole erano terrificanti. Non per me, che

mamma mi raccontava i telegiornali. Beato Pollicino, che aveva un orco solo. Io non sapevo dove rigirarmi. Lui poi coi sassolini ritrovava la via. Ma il buco all'ozono ormai che l'hanno fatto, chi lo rattoppa? Stavo sempre sull'orlo della catastrofe, e mi ci sento pure adesso.»

«Ma bzzzzzz ci sei veramente. Questa è la realtà mica colpa di tua madbzzzzzzzzzzz...»

«Però non me ne risparmia una. Dice che non faremo in tempo a morire di sete perché le centrali nucleari scoppieranno prima.»

«Vero anche questo.»

«E mi dice: "Ho paura di questa umanità senza Dio. Ti immagini una catastrofe di deboli edonisti? Era altra gente quella dell'ultima guerra. Oggi siamo tutti assassini".»

«Ha le idee chiabzzzzzzzre tua madre.»

Per un istante lo Psic si slaccia dalle braccia di Morfeo, e pronuncia alcune frasi filate:

«Senti ragazzino, per essere chiari: la fine del mondo è qui. Ci siamo.

«L'umanità ci ha provato fin dall'inizio a distruggere la terra e i suoi abitanti, ma finora mancavano i mezzi. Ha sempre devastato inquinato sterminato, ma prima delle grandi invenzioni, quando bisognava abbattere le foreste con l'accetta o ammazzare 10.000 persone a mano, era un bel lavoro. Adesso si fa subito.

«La tecnologia moltiplica la stupidità dell'uomo, non c'è più salvezza. La scienza è al servizio del massacro, della tortura, della prepotenza, del dolore.

«È l'onnipotenza dell'idiozia.»

Ciò detto il professor Guadagnino richiude gli occhi come un giocattolo, e ripiomba nel sonno.

Mao: «Mia madre mi ha amato solo quando sono diventato bello, a sedici anni. Da piccolo ero tanto brutto che le facevo paura. Una volta mentre mi stava allattando vide che la fissavo e si mise a gridare: "Carlo, aiuto, corri!". Lui corre tutto spaventato, che c'è? E lei: "Il bambino mi guarda!". Ero così infelice che appena ho avuto l'uso di ragione ho cominciato a mangiare, a mangiare… Eh? Che ha detto, dottore?».

«Bzzzzzzzzzzzz. Niente.»

«Ero diventato così grasso che a quattro anni ho sfondato il pavimento, a cinque hanno dovuto allargare le porte. A sei, papà sbottò: "Facciamo qualcosa, è un mostro".»

«Io non figlbzzzzzzzzzz. Che pacchia.»

«Ma poi non fecero niente. Mi abbandonarono davanti al televisore, come una volta si abbandonavano i bambini sulle porte delle chiese. Papà era troppo occupato a fare l'artista, mamma a stargli dietro. Ho passato l'infanzia davanti alla tivù, una mano al telecomando l'altra nella Nutella.»

Lo psic, nel sonno: «Quanto è buona!».

«Mangiavo sempre, avevo paura di morire di fame…»

«Ci sarà pure stato un bzzzzzzz motivo fon bzzzzzz dante.»

«Sì. Quando ero piccolo, un Natale per povertà i miei genitori mi hanno mangiato i fagioli della tombola, e questo ha schiantato ogni mia sicurezza a venire.»

«Bzzzzzzzzzzzzzzzzzzzz...»

«Spendo molto, perché sono ignorante. I miei non mi hanno mai insegnato niente. Così standο nella tenebra conosco un solo divertimento, spendere.»

«Bz-bz-bz...»

«Ho frantumato una fortuna e non ce n'è traccia nella mia stanza. Sogni, poveri, come me. Meno uno, ricchissimo: essere amato da Clelia. Vuole sapere chi è?»

«Noooooobzzzzzzzzzzzzzzzzzzoooooooo!!!!!!!»

«Io, se fossi un altro e mi incontrassi, mi innamorerei di me, al primo colpo.»

«Clelia, invece, niente.»

«Uffbzzzzz co sta Cleliaaaaaahhhhhhh.» (Sbadiglio)

«Mi dovrebbero dare la pensione come vittima di un'educazione distratta e permissiva. Che ne pensa, dottore?»

«Dio, quanto parli.»

«Dottore, a me, me ne frega solo di me. Sarò malato? Qua sono tutti buoni, sociali, io a volte fingo ma in cuor mio lo so che ci sto solo io.»

Lo psic, sveglio: «Pure io. Ti giuro, me ne frego di tutti. Mi credi?»

«Sì.»

Il talismano

La visione sfuma, il volto cinico ma non antipatico del dottor Guadagnino si dissolve riconsegnando Mao al quotidiano esecrabile.

Sarebbe ora di volgersi ai libri, ma all'ultimo momento qualcosa lo salva: il talismano che protegge i moderni dal pensiero, dalla riflessione, dalla feconda solitudine, dallo studio. Il telefono cellulare.

Mao si attacca al telefonino e chiama Stella, la sua ragazza. Il ricordo dello psic gli ha lasciato la nostalgia di un orecchio tutto per sé, di compatirsi all'infinito, di piangersi addosso a tutto spiano, di assolversi anche delle bassezze a venire.

Non le chiede nemmeno come sta, e comincia subito a parlare da solo.

A lungo. A lungo.

Stella non riesce a piazzare una parola, finché si infila a razzo nell'interstizio di una pausa, e:

«Domani hai l'esame. Sei pronto?»

«Dovrei studiare, ma non posso. Ho una crisi d'angoscia. Ho troppo sofferto da piccolo.»

«Se non studi soffrirai anche da grande.»
«Ah be', se ti annoio...»
Mao riattacca. A malincuore, ma non insoddisfatto. Ha guadagnato un'ora cioè l'ha persa, parlando di sé. Si sente meglio. Apre un libro di testo, a caso. Dalle pagine gli viene il soffio gelido dell'ignoto. Si accende un'altra canna. Cade addormentato sul letto, a braccia aperte, con le scarpe e tutto.

Confidenze di merceria

Sedute lampo

«Non voglio buttarmi via per uno che non ha un soldo.»
«Ti butterai via per uno che ce l'ha.»

«La amo, e non so come dirglielo...»
«Allora sta' zitto.»

Un trans: «Mi leccano il cazzo, e mi dicono: "Che figa!"».

L'amore è per i coraggiosi, tutto il resto è coppia.

«Il mio ragazzo mi odia. Per torturarmi mi legge gli articoli di Oriana Fallaci sullo "scontro di civiltà" con l'Islam. Ogni parola è una bugia così rivoltante che mi sento male. Che devo fare, Delia?»
«Uccidilo.»

«Mio marito è marchigiano, e dice che le donne si tengono "col cazzo e col cazzotto". All'inizio è bastato il primo elemento del binomio a tenerci uniti. Ma ormai sono poche le volte che mi dà soddisfazione come moglie, però mi dà un sacco di cazzotti.
«Allora dov'è quel proverbio? Che forse, funziona tutto intero,

«Ho scoperto che mio figlio è omosessuale,
e ho paura che soffra...»

ma solo col cazzotto, io credo che sto per diventare un po' malinconica.»

Una madre: «Ho scoperto che mio figlio è omosessuale, e ho paura che soffra...».

Delia: «Ma come? Aspetti di sapere questo per avere paura? Ci dovevi pensare prima di metterlo al mondo. Lo hai condannato alla vita, quindi anche al dolore. Perché, chi ama le donne non soffre?».

5
Il fantasma di Clelia

Non aprite quel cassetto

È mattina. Mao dorme. Una voce gentile lo sveglia.

«Mao, è ora...»

Apre gli occhi e con sorpresa accanto a sé vede Stella, la sua ragazza: è la prima volta che viene a casa, lui non ce l'ha mai invitata. Ma è venuta lo stesso, forzando la timidezza, per essere sicura che si svegliasse la mattina dell'esame. Mao è un po' contrariato, dà uno sguardo al disordine indecoroso della stanza. Lei sorride:

«Non ti preoccupare, lo sapevo che la tenevi come un porcile.»

Dal giardino viene la voce del nonno, sentimentale:

«Bella! Quanto siete bella stamattina!»

Stella, toccata:

«Com'è ancora innamorato della moglie, tuo nonno.»

«No, sta parlando col cane.»

«E gli dà del voi?»

«In Umbria si usa così.»

La voce del nonno, inviperita:

«Ma tu che vuoi da me, la pelle?»

«Ecco, adesso parla con la nonna.»

«Sei verde... ma quanto hai fumato ieri sera? Dài, è tardi.»

«Non mi sento sicuro... e se rimandassi? Rischio di rovinarmi la media... Ma chi ce l'ha un libretto così?»

Con schietta ammirazione per se stesso glielo squaderna sotto il naso, con tutta la sfilza dei trenta e lode.

«Appunto, con questi voti di che hai paura? Fatti una doccia così ti snebbi.»

Mao esita a uscire dalla stanza. Gli secca lasciarla lì, come se avesse qualcosa da nascondere. Uno sguardo involontario corre al primo cassetto, come il ladro che tradisca il nascondiglio della refurtiva.

Appena è uscito, Stella corre ad aprire il cassetto che lo sguardo di Mao ha denunciato. Le batte malamente il cuore, è sicura di scoprire la foto di Clelia, la Rivale, quella che Mao ha amato prima di lei, che non scorderà mai perché lo ha respinto, e questo rende *pericolosissima* una donna. Invece trova un ALTRO libretto universitario, nuovo nuovo. Quello vero.

Mao scende le scale. Stella lo segue con la faccia scura. Studia un tono sferzante per rinfacciargli la sua scoperta:

«Lo sai cosa ho trov...»

Ma dal primo pianerottolo spuntano i nonni in lite. Alvaro si difende con una spazzola dalla moglie che cerca di mettergli le mani in tasca.

Nonna: «Ennò 'l mi' cocco, 'n fa tanto l'innocente! Qui è sparito 'n fojo da cento, qualcuno l'avrà preso! Si ci avéi la coscienza pulita te facéi perquisì, te facéi...».

Nonno: «Elvira basta! Sei pazza! (Cambia tono) Venite qua, Bionda, facciamo la toeletta».

Il nonno afferra il cane. Mentre lo spazzola, sommesso:

«Che ne sai dell'amore, finché non hai guardato negli occhi il cane che ami?»

Mao, piano, a Stella:

«La nonna gli ha murato la porta del salotto, se no lo sciupa. Il salotto è per quando viene gente, ma non viene mai nessuno, solo don Ignazio, un pelavecchie della parrocchia che fa la posta all'eredità della nonna. L'unica ragione di vita del nonno è la Bionda, quel cane col muso da schiaffi. L'ha detto anche il geriatra: se muore il cane muore lui pure.»

Nonna: «Si 'sti soldi 'nno scappono fori, io vo' dai carabinieri!».

«La nonna capisce solo tre cose: i furti, i carabinieri e le corna. Per lei sono tutti ladri e puttane, meno lei che è perfetta.»

Stella non lo ascolta, presa dal suo cupo pensiero, ancora una volta fa per sbottare – ma le insidie non sono finite.

Superati i nonni dal secondo pianerottolo si affaccia il fratello del padre, preceduto da un'onda anzi un cavallone di dopobarba virilmente nauseante. Lo zio Leo – non bello eppure identico a Clark Gable come se lo stampo fosse impazzito, tondo e compatto come un lottatore di sumo, piccolo ma con un'impudenza da uomo alto – aggredisce Mao:

«Qui c'è odore di cannabis! Dalla droga al disordine sessuale il passo è breve.»

«Ciao zio, ti presento la mia fidanz...»

«A me non mi freghi presentandomi le ragazze! Ti leggo dentro, io. Smidollato! Nipote dei fiori! Non mi starai diventando anche finocchio?»

Il nonno si affaccia alle scale:

«Leo, basta! C'è una signorina!»

E zio Leo:

«Zitto tu, che hai un figlio finocchio.»

«Chi? Carlo?»

«Ah io no sicuro.»

«Ma se è pieno di donne!»

«Finocchio moderno, oggi si usa così. Più donne ci hanno più sono finocchi.»

Mao e Stella sono arrivati in giardino. Lei è sempre più cupa, lui sempre più ignaro, e continua divertito ad illustrarle la famiglia:

«Zio Leo, il fratello brutto di papà. Il nonno, idolatra della bellezza, ha fatto parecchie ingiustizie quando erano piccoli ma pure da grandi, e lui non perdona il fratello. Arti marziali per compensare la sua altezza (m 1,56). Monarchico nero con simpatie leghiste. Lavora per un alto prelato, lui dice segretario, in verità è la sua spia. Il guadagno è un alibi: spiare è la sua vocazione, sarebbe capace di sorvegliare una mosca e fare la spia al ragno, per il piacere di saperla mangiata viva. Gioca ai cavalli perché è chic, ci si rovina, vive di debiti. Ma una sola cosa lo fa felice: la stupidità altrui. Legge i giornali telefona conversa va al cinema solo per scoprirne le tracce. Ha la voluttà dell'idiozia. Fonda la certezza della propria intelligenza sulla cretineria altrui. La sua misura universale è la calza: per lui sono tutti mezzecalze. Lui invece è una calza intera. Informatissimo, non sa niente di niente ma ha un'opinione su tutto. È un'enciclopedia rilegata in pelle d'asino.»

Stella gli taglia la parola, furibonda:

«Me ne frego dello zio Leo. Tu non mi vuoi bene, se no ti impegnavi di più, invece non combini niente, fumi e basta.»

«Ma sei insaziabile! E i voti sul libretto?»

«Bugiardo. Ho scoperto tutto. Manco un esame hai dato.»

«Tutti! Giuro su mamma! Che le venisse un male incurabile!»

Stella tira fuori il libretto che ha trovato in camera.

«Povera mamma tua. E questo che è, allora?»

Mao, sdegnato:

«Tu frughi! Dici che mi ami, ma frughi!»

«Capivo se ingannavi la tua famiglia… ma perché ingannare ME?»
«Perché in te cova una mogliettina pretenziosa che mi vuole sistemato e in carriera.»
«Io? Ma se vorrei solo essere la tua complice…»
«A chiacchiere. E se ti metto alla prova?»
«Avanti.»
Mao le porge il libretto falso:
«Allora dammi il voto per l'esame di oggi. Forza, un bel trenta. Rinuncio alla lode.»
«Cheeeeeeeeeeeeeeeeeeeeeeeee? Ioooooooooooooooo?»
«Visto? Bella complice!»
Mao la sfida, beffardo:
«Allora, 'sto trenta?»
Stella afferra il libretto.
«Trenta, no. Ventiquattro.»
«Trenta! Se uno la deve sparare la spara grossa.»
«vabbe', ti metto trenta. Ma giura che è l'ultima volta, adesso gli esami li dai davvero. Ti aiuto io.»
Mao la abbraccia, commosso, come se non volesse altro. Tra i suoi vizi c'è la redenzione.
Stella, timida:
«Ci pensi ancora a LEI?»
«No! Mai.»
Lei scruta la sua bella faccia da bugiardo. Fra loro passa il fantasma di Clelia, l'inafferrabile.

6

Il mondo non finirà mai perché le donne lo raccontano

Ah Lutero, Lutero…

Merceria. In mancanza di aria condizionata Dudù ha attaccato delle penne di pavone alla pertica da spolvero, e ci sventola Delia.

Lei ha il muso.

"Che ha, Delia?"

«Cosa *non* ho. I soldi per riattaccare l'elettricità.»

"Li troveremo, ma sorrida. I soldi odiano le lacrime."

«Sorriderò quando avremo pagato la luce.»

"Basta vedersi da fuori: ci guardi! Siamo in una stampa benevolmente razzista di fine Ottocento, solchiamo il fiume su una barca in bianco e nero, lei è una dama col seno nudo e perle fra i capelli, io il suo moro che le fa vento, segretamente innamorato. Il marito lo ha capito e medita di farlo spellare vivo…"

Delia sorride di soppiatto. Non lo tiene lì perché è un buon commesso e un ottimo contabile (come quel bugigattolo sempre sull'orlo del fallimento riesca a sfamarli tutti è un mistero racchiuso nel genio amministrativo del giovane aiutante).

Lo tiene per la leggerezza.

Gli racconta della suocera:

«Vedessi come si fa corteggiare da don Ignazio. È diabolica! Lui non sa che la casa è mia. L'Elvira per tenerlo sotto gli ha fatto credere che è sua, e che la lascerà alla parrocchia... un volpone così, e c'è cascato! Più sono avidi più sono ingenui.»

"È un grande affare immobiliare del Vaticano. Puntano i vecchi, specie quelli cattivi che sanno di meritare l'inferno, e in cambio dei loro beni promettono il paradiso. Ah Lutero, Lutero...

"Ma... e se l'ingenua fosse lei? È sicura che la casa non appartenga DAVVERO a sua suocera?"

«Che dici? Carlo l'ha lasciata a me.»

"Le ha fatto firmare qualcosa?"

«Be' non c'è stato tempo, è andato via così di fretta...»

Dudù si rabbuia.

Come le barzellette dei matti

Quella settimana c'è stato un viavai di clienti come per Natale, ma acquisti pochi. Un grande successo del PSA.

Mentre sbrigano i casi, Dudù all'occhio del mondo si mantiene rispettosamente nel ruolo di chierichetto, l'officiante è Delia. Ma insieme sono un brainstorm. A volte dicono cose di buon senso, altre come ispirati da un soffio sono negatori, paradossali, beffardi.

Del resto le confidenze d'amore sono come le barzellette dei matti, si fa un giro e si torna all'ossessione di partenza.

Giorni di fuoco. Un pienone di confidenti, una ridda di storie si è abbattuta sul piccolo negozio. Non è mancato niente, vendette corna pianti abbandoni...

Come dice Dudù: "*Il mondo non finirà mai perché le donne lo raccontano*".

Ma andiamo con ordine.

LUNEDÌ. CONFESSIONI DI UNA SQUILLO

La altèra signora Bertoli, uno schianto di donna con un alone di muschio e sesso selvatico, moglie di uno spento funzionario di banca, di cui va pazza.

Vedendo passare il marito Delia e Dudù hanno cercato invano di indovinare in lui i motivi di questa passione. Ma niente. Nelle orecchie mosce nello sguardo piatto, nella spietata essenza di barbiere che renderebbe impossibile non dico baciarlo ma anche farlo entrare in casa, essi non hanno ravvisato UNA ragione di fascino. A maggior gloria dell'amore che non è solo cieco, è matto.

Finora la signora Bertoli era la cliente modello: comprava e zitta. Ma quel lunedì arriva con gli occhi gonfi. Soffre troppo, non ce la fa e vuota il sacco.

«Delia... sono in un brutto guaio. Ma perché possa capire, sono costretta a rivelarle il mio segreto. Prima del matrimonio facevo la squillo. Che sono bella lo vede. Non per vantarmi: è un requisito del mestiere. Forse a una donna per bene basta la faccia, ma una che viene comprata ogni giorno deve essere benfatta in ogni dettaglio, e io... Lavoravo al top: molti soldi, clienti scelti, protezione. Ero un'affarista con le idee chiare. Il mestiere ha le sue scomodità, ma c'erano molti lati buoni. I soldi danno la misura del fascino. Se le dicessi le cifre... Un continuo piacere della vanità.»

«Ma non c'erano dei brutti momenti?»

«Meno di quel che pensate voi donne per bene. Spesso essere moglie vuol dire "quella con cui non si va più a letto". Io invece ero continuamente desiderata, e pagavano per me. Che sicurezza!

«...molti soldi, clienti scelti, protezione...»

«E poi non mi annoiavo mai, era una corsa alla perfezione. Per esempio: non eccellevo nel prenderlo in bocca, ma avevo imparato a riconoscere i clienti dal sapore del seme. Assaporavo sempre, e distinguevo gli uomini.»

«E come?»

«Oh, non che sia una scienza esatta, ma di solito i malinconici l'hanno dolce, agli avari sa di stantio. Mi feci una reputazione anche in quello. Sapesse che emozione per una squillo, quando il cliente dice:

«"Tu sì, che lo succhi!"

«Era la cosa che mi gratificava di più: perché baravo. (Con

modestia) In verità la fellatio non riuscii mai a capirla fino in fondo. Il fatto è che bisognerebbe averlo, da qualche parte, il sesso maschile, per servirlo sul serio.

«Ma avevo studiato con diligenza su tutti i falli della regione. La figura c'era, e gli elogi non mancavano – solo, ogni tanto, il rimorso del mediocre...»

Delia, ammirata:

«Racconta così bene, che viene voglia di fare la squillo!»

Dudù, acido:

"Non sarà un po' tardi?"

La cliente:

«Tenga presente, però, che a volte la ripetizione stufa. E allora sembra di avere un solo marito, con cento (scusi la parola) cazzi. E mi chiedevo " O F saporosa, sei davvero fatta per quel muto coso sospettoso?". Ma andavo precisando il mio stile. Offrivo un piacere conturbante e costoso, ché chi più paga più gode – e guai agli avari, che per non aprire il portafoglio chiudono fuori il piacere.»

Dudù: "Ma lei aveva delle preferenze?".

Delia traduce. La cliente risponde con precisione:

«Non per gli uomini. Per i modi. Inventai una dozzina di posizioni che mandarono in visibilio raffinati e cafoni. Ma a me ne piaceva una sola: fare la morta. L'illusione che davo al cliente era perfetta. Nel silenzio assoluto egli entrava in me e io solo allora godevo, ché essendo tutto trattenuto era amplificato all'infinito e godevo del godimento di lui che stupra un essere inerte e si crede solo, ed è guardato.»

Delia infastidita dall'interesse di Dudù, fa l'annoiata:

«Ma sempre sesso, solo sesso...»

«Non creda. I soldi non escludono il rapporto affettivo, anzi lo favoriscono. E poi... il sesso è solo la cosa più appariscente del mestiere, ma c'è anche una sotterranea maternità.»

«C'erano delle cose che si rifiutava di fare?»

«No. Ero disciplinata. Acconsentivo a tutto, anche quelli con la frusta. Ma ero severa coi timidi, che fanno innamorare. Poi ho incontrato LUI.»

«Timido?»

«Sì. E per timidezza strapagava. I suoi compensi principeschi alzavano il livello delle mie prestazioni, come l'artista che si sente capito. Forse ho esagerato, perché mi sono innamorata. Era la prima volta. Lo pensavo giorno e notte, però non avevo intenzione di lasciare. Contavo sulla durezza dei miei scopi, per tenermi sia lui che il lavoro. E invece...»

Un singulto la interrompe. Dudù la guarda con un interesse nuovo, e le porge un kleenex con una galanteria che dispiace a Delia.

«... non ce l'ho fatta. Sentivo di appartenere solo a lui. Finché mi ha chiesto di sposarlo. Mi creda, sposare una squillo non è come una volta, non le offri nessuna "salvezza": oggi coi soldi fai finta di essere chiunque, e per le donne, squillo o no il matrimonio non è più un affare.

«I primi tempi non ebbi rimpianti. Lui si godeva la felicità di avere trasformato una donna di tutti nella donna di uno solo.

«E lì si è guastato il matrimonio: perché finita la gelosia, è finito anche il desiderio. Da un anno mi tradisce con una squillo. E io lo amo sempre di più...»

Delia, meccanicamente: « L'amore è come la droga».

«Magari! Con la droga è facile. Basta pagare, basta uccidere. Ma in amore lo spacciatore è uno solo, e se non vuole!»

Delia, di slancio:

«Peccato! Peccato che coi soldi si possa comprare solo il sesso. Magari si potesse comprare anche l'amore. Non mi ami più? Che m'importa, ti compro. 100 per un bacio, 2-300 per una carezza, se davvero delicata. Un pensiero? Da 500 a

1000, secondo l'intensità. Bastasse, davvero bastasse pagare! Avanti, fa' tu la cifra: quanto, per un sorriso?»

Dudù ascolta con interesse il tariffario di Delia.

«Che faccio con mio marito? Avrei una sola via per riconquistarlo: andare a letto con altri, magari facendomi pagare, come allora. Ma io sono malata di fedeltà. Quando ero una squillo non ero felice, come moglie sono disperata. Che devo fare? So che lei spaccia consigli a tutto il quartiere... ne dia uno anche a me, la prego.»

Delia è turbata, non sa che dire. Quella storia trascende la sua competenza.

Con gli occhi chiede aiuto a Dudù, che le fa da suggeritore.

Il giovane muto esprime a gesti la sentenza:

Mistero nero del matrimonio – qualcuno ci sposa per una qualità transeunte, e la pretende da noi sempre, dannandoci alla ripetizione, mentre magari siamo nati per la scoperta, per il moto.

Delia rimane a bocca aperta, più ancora che per le confessioni della signora Bertoli. Dudù:

"Avanti, perché non traduce il mio responso?"

«Troppo difficile! Questa poveretta vuole sapere che deve fare col marito.»

"«Sarò elementare: CHE LO PRENDA A CALCINCULO."

Delia ripete.

La signora Bertoli si rischiara: non ci aveva mai pensato.

L'idea le sembra così buona che dà una mancia a Dudù (con Delia non osa)

Dudù, accompagnandola con lo sguardo:

"Che spreco! Che peccato! Ma perché vuole fare la moglie? È una straordinaria puttana!

"E scuoteva la testa, e si lamentava che oggi nessuno sa fare il suo mestiere, e chi lo sa fare lo lascia..."

Delia, indispettitissima:

«Immagino che tu saresti il suo primo cliente...»

Dudù scoppia a ridere felice, felice, felice:

"Che era gelosa l'ho sempre saputo... ma ora, per la prima volta, si è scoperta..."

MARTEDÌ. DA QUI ALL'ETERNITÀ

È venuta Anna. Appena la avvistano Delia e Dudù d'istinto si chinano sotto il banco, ma vengono stanati, si rassegnano. Verrà come al solito a dolersi del marito, che ha divorziato per avere un'amante dopo l'altra. E invece no. Quel martedì Anna è vispa, la permanente scintilla: ha trovato il modo di neutralizzare tutte quelle corna, di trasformare la sconfitta in vittoria. Ha fatto un voto di castità.

Ha offerto all'Altissimo la rinuncia al piacere sessuale, *vita natural durante*, in cambio della salvezza dell'anima del traditore. Il suo sacrificio in riscatto dei peccati di lui. Ora lo tiene saldamente. Se lo è assicurato per l'eternità. Conta di rivederlo in Paradiso, e di lì non si scappa.

MERCOLEDÌ. IO MOGLIETA E TU

Zerlina. Fresca provocante rotonda come una contadinella, tette mobili (5ª naturale), portate morbidamente non puntate come siluri sul muso dell'interlocutore all'uso di oggi che sembrano tutte meretrici alle finestre di un bordello veneziano.

Zerlina fa l'avvocato. Dura in tribunale, agnellino in amore, è l'amante di un uomo sposato, giornalista eminente. Famoso per un programma alla radio, dove toglie il senno alle donne con la sua voce tutta sesso e cultura.

A Zerlina piace vantarsi, e finora passava in merceria solo per quello.

Li ha sfiniti sgranando il rosario delle sue fortune: i regali i gioielli i viaggi i messaggi occulti che LUI le invia per radio, e che la vuole sempre con la biancheria sexy ma fine non da zoccola, da principessa dissoluta, che l'ha messa su un altare…

Delia scuoteva la testa:

«Non ti fidare. Una volta che ti fanno salire su un altare, è sempre per sacrificarti.»

Ma Zerlina non la stava a sentire, lui presto avrebbe lasciato la moglie per vivere con lei…

Si vantava perfino della moglie, l'amabile Corallina, professoressa di lettere, pure lei perfetta. Una che non mette i bastoni fra le ruote che non ricatta non frigna che sa, con quelle rughe spaventose, di non poter competere col suo visino di albicocca.

Ma oggi Zerlina è triste. Delia azzarda:

«Si è rimangiato le promesse?»

«No, stiamo andando a vivere insieme.»

«Allora perché quella faccia?»

«La moglie.»

«Vi ostacola?»

«È troppo d'accordo.»

Emanando un profumo di latte, Zerlina racconta:

«Avevamo appuntamento per vedere la casa, e invece di lui si presenta la moglie. Affettuosa come una buona suocera. Dice che non è potuto venire e ha mandato lei. Scappa fuori che è stata lei a trovare l'appartamento… e si sta interessando anche dei mobili. Parla di LUI senza imbarazzo, di quanto mi ama, che senza di me non può vivere…»

«E non sei contenta?»

«Come si fa a lasciare una donna così? Io se lui mi tradisse gli spaccherei la testa. Capisci? Se le do corda non si fermerà, verrà a stirare le camicie, a rifarci il letto... Che vuole da noi? Favorisce le tresche del suo bambino, sapendo che tornerà? Non la voglio tra i piedi. Lei non è gelosa? Io sì! Schiatto, di gelosia... che devo fare?»

«Come fai fai, sei fregata. Con una moglie madre non c'è battaglia.

«L'unica è scomparire per un po', mancargli.»

«Brava, così va a piangere da lei. Oggi non sei in vena, Delia.»

«Sono arrivati i reggiseni Pompadour che avevi ordinato.»

«Scusa non è il momento. Ripasso.»

SEMPRE MERCOLEDÌ. UN GENIO DELL'AMORE

Poco dopo entra Corallina, la moglie dell'amante di Zerlina, scattante, rugosa, bel naso a becco l'occhio astuto e un odore metallico, come se sotto l'abito celasse una divisa militare di alto grado.

Non dà confidenza. Seria, chiede di vedere biancheria sexy, ma non le basta mai: le giarrettiere non schioccano abbastanza (ne prova l'elastico, come un fanciullo farebbe con la fionda), il tanga non è velato a dovere. Finalmente sceglie un insieme di una sfacciataggine imperiale.

Delia e Dudù incartano cercando di nascondere ciò che pensano, ma ce l'hanno scritto in faccia: la immaginano che cerca di riconquistare il marito, calzando il suo culo di vecchia asina con quella mise.

Sbagliano. È un regalo. Chiede che il pacchetto sia consegnato a domicilio, e ci scrive sopra l'indirizzo: Avv. Zerlina ecc. Folgorazione – quella roba non era per lei – la sta mandando all'amante del marito!

Delia vede la grandezza del disegno, non riesce a trattenersi e prorompe:

«Signora, lei è un genio!»

Vedendosi scoperta nel suo piano, la cliente cede alla vanità:

«Eh eh... ho due lauree, io, mica sono una casalinga qualunque...»

Un sorriso satanico le taglia le rughe come una spada. Corallina ghigna, Delia ghigna con lei.

Dudù:

"Lei mi sconcerta. Dà consigli all'amante, incoraggia la moglie... Ma da che parte sta, lei?"

«Sono sempre dalla parte di chi desidera.»

"Meno che dalla mia" borbotta Dudù con le mani.

«Che hai detto?»

"Niente, niente. E poi che ha quella con le casalinghe?"

«Be' che te ne importa?»

"Moltissimo. Io AMO le casalinghe! Come Gozzano amava le golose:

> io sono innamorato di tutte le signore
> che mangiano le paste nelle pasticcerie.

"Le casalinghe sono l'unico potenziale rivoluzionario che ci rimane... Scriverò un'ode su di loro: voglio cantare il variopinto esercito sanculotto di questi somari del focolare – questi angeli! (Declama) *Che soli sfuggono alla lottizzazione del pensiero – estremo vento di anarchia che attraversa la nostra obbediente società, ultimi individui, che coltivano il fiore desueto della scelta. Fosse anche solo per decidere cosa si fa da mangiare, ti pare poco? Decidere come nutrire equivale a decidere come le persone devono essere. Vivaci come ragazzini agili come pellerossa, guidatrici spericolate di carrelli armati, specialiste del grana, del detersivo, dell'amore domestico...*"

«Piantala, Dudù. C'è un sacco da fare oggi.»

Le due vedove.

Escono sempre insieme. Profumo di gatto. Certi mariti non tornano più. Li tengono sotto vetro prigionieri delle cornici, di un sorriso scaduto tanto tempo fa, li raccontano impeccabili. La vedova n. 1 si vanta che lui la possedeva tutti i giorni.

«Ma bene, eh! Mica giusto per fare, come tanti. Povero Achille!»

Quel *povero* sprofonda nel nulla ciò che di buono e di cattivo Achille abbia mai fatto.

Dudù: "La vita è tutta un Almodóvar".

Anche Delia in cuor suo con l'ex marito si comporta come le vedove. Lo ha mondato di ogni difetto, e nel tempo Carlo ha preso un colore di perfezione.

E poi – si guarda bene dal confessarlo a Dudù – ma non si sente *veramente* lasciata.

Perché se no Carlo andando via le avrebbe affidato i suoi vecchi?

Le pare che la sua sparizione sia uno scherzo che un giorno sarà spiegato, una partita a scacchi giocata attraverso due continenti.

L'assenza aguzza l'ingegno. Ne sa di trucchi per stargli accanto.

Negata per il sesso, si è scoperta espertissima nell'amore. Come un'antica esperienza che affiora, quale sesso, e quale tempo? Fummo pietre, pesci e venti, Delia conosce l'arte di tenere tutta la notte Carlo nel cavo della mano, per riscaldarlo. Non l'ombra, o il pensiero di Carlo, ma Carlo in persona, che la lenta oca del sogno trasporta rimpicciolito, perché tutto intero possa stare nella sua mano.

E gli è grata di essersene andato in tempo, prima che la

storia degenerasse. Prima che l'amore si mettesse fra loro come un dio morto, imbarazzante.

VENERDÌ. LA MOGLIE DELL'ALLUMEUR

Nora. Moglie del bellissimo Rodolfo, il più bello del quartiere. Ancora più mitico perché tutti sanno che non le è *mai* stato infedele.

«Già, *non* mi è infedele! Cioè non va a letto con le sue conquiste… magari lo facesse. Sarei meno gelosa, perché dovunque andiamo, lui si deve sempre fidanzare a sguardi con un'altra. Che ci sta, perché su dieci donne che vedi in giro, nove hanno delle storie disgraziate. E se per una volta non ci riesce, dopo è nervoso come un attore che ha fatto fiasco e se la piglia con me.»

«Bello è bello…»

«INVIDIO LE MOGLI DEI BRUTTI!»

È un caso difficile. Delia lascia la parola a Dudù, con traduzione vocale simultanea.

Dudù-Delia:

«Il caso è grave. Tuo marito è un allumeur. *Allumer* in francese significa "accendere": e tuo marito appicca incendi di cui disdegna conoscere la portata. Quel che gli interessa è la fiamma subitanea, la riprova immediata del suo potere. Campione di vanità, avido e incapace di proprietà al tempo stesso, semina e non raccoglie, cercando solo due occhi sgranati sulla meraviglia della sua persona. Disinteressato ai beni durevoli salvo una moglie, nel senso più solido del termine, che, se andasse male la caccia di ogni giorno, alla fine c'è sempre lei ad ammirarlo.»

Nora abbraccia Dudù.

«Che ritratto! Sembra che lo abbia sposato tu…»

Dudù: "Zitta. Non ho finito.Questo predatore senza preda non riconosce i colpiti dalla propria stregoneria, salvo per un particolare: che non servono più. Lo molli, e si prenda un brav'uomo modesto, anche con lieve difetto fisico".

Delia è un po' seccata:

«Te ne intendi, eh? Sei un allumeur pure tu? Ma già, voi maschi lo siete tutti.»

"Io no. A me piace la profondità. Il numero mi fa orrore. E poi mi creda, è anche pieno di allumeuses, cioè di allumeurs femmine."

UN CASO LETTERARIO

Gente trista nominata e vista. Di allumeuse ne arriva subito una, Crista la Rossa.

Crista ha 18 anni, è bella come un angelo di Rossetti. Piccola piccola, ma come per essere ancora più perfetta. La sua chioma la sua bocca le sue gambe di cicogna giovinetta riempiono il negoziucolo. Ma a lei non basta. Vuole Dudù tutto intero. In mano a Delia è sprecato.

L'ammirazione è poco, vuole il dominio. Vuole che Dudù veda solo lei. Delia deve scomparire, anche se sa che non vale una sua unghia dipinta come la Sistina, davanti a un uomo le altre sono tutte rivali e nemiche. Il maschio presente chiunque sia è suo, le spetta di diritto, specie se in compagnia di una donna, sulla quale deve trionfare, perché il suo fascino va nutrito ogni istante con sacrifici umani, o si sente persa e le viene l'asma.

Crista in quanto allumeuse è anche invidiosa. Vuole tutto per sé. Ha sempre visto di malocchio l'amicizia fra quei due. Punzecchia Delia cerca di metterle contro il suo aiutante, sale sulla scala per mostrargli le gambe, lo fissa come l'unica passione della sua vita, mette a soqquadro il locale cercando un articolo che non c'è per mantenersi gli occhi addosso.

Che se ne fa di quel piccolo commesso? Se ne fa, se ne fa. Come Tamerlano il Grande Crista vuole l'omaggio anche dell'ultimo pastore.

Per non essere invidiata, Delia quando c'è lei si fa piccina piccina, non dà confidenza a Dudù, non si sogna nemmeno di contenderle la scena. Ma l'altra non ci casca.

L'invidia è come l'amore. Non dà requie, non si fa ingannare e riconosce la speranza.

Dudù sogghigna:

"È inutile, Delia. Tanto la invidierà lo stesso. Perché ha un commesso *molto* carino, ma *anche* perché suo marito l'ha mollata, le invidia pure che ha 50 anni, la luce staccata l'ipoteca e una famiglia a carico, e perché a volte si butterebbe dalla finestra..."

«Ma come, anche le disgrazie?»

"Sì. L'invidioso è l'ottimista più generoso, vede il lato positivo di ogni cosa. Come l'avaro, è un umorista involontario, e in ogni caso, un caso letterario."

Crista sbotta:

«Che cazzo vi state dicendo voi due? Parlate di me, lo so!»

«Dudù dice che sei un caso letterario.»

Crista sorride. Pensa:

"Il muto è pazzo di me. È una dichiarazione d'amore in codice."

Sta per andarsene tutta contenta, stringendo la preda del presunto elogio come un coniglio per le orecchie. Ma qualcosa la ferma: stanno entrando Angela e Agata.

Che occasione! È da tanto che Crista le ha puntate e desidera far sua a sguardi una delle due, e farle litigare in suo nome.

Avere in negozio quelle squisite intenditrici per Dudù e Delia è una festa.

Tirano fuori tutte le novità per il piacere di mostrarle a chi sa riconoscere le umili grazie della merceria.

Crista fa finta di interessarsi, prende gli articoli dalle mani di Angela (ha prescelto lei perché fra le due è la più vanerella) e fa dei discorsi allusivi diretti solo a lei, come se Agata fosse d'aria.

«Sapete tutti quanto sono gelosa del mio ragazzo, gli faccio il terzo grado sulle donne che ha incontrato, cosa ha provato, se ci farebbe sesso... Lui poverino mi è fedele ma io sogno sempre che mi tradisce. Stanotte ho sognato che entro in casa e lo trovo a letto con un'altra. Nel sogno mi sveglio, e senza sapere che sto ancora sognando gli racconto il sogno, e sto per dirgli: "A vederti con quella, non sai come mi sono addolorata". E invece mi esce: "Non sai come mi sono eccitata". Mi sveglio, davvero stavolta, e gli racconto il doppio sogno. Lui mi fa "Crista mia, l'ho sempre detto che la gelosia ossessiva è omosessualità repressa. Perché mi interroghi tanto sulle altre donne? Sei tu che ti figuri il loro piacere, tu che ci pensi sempre".»

Agata borbotta:

«Embe'? E a noi che ce ne frega?»

Crista fa finta di non sentire ma esulta – bene, è già incazzata. Continua.

«Del resto l'omosessualità femminile c'è sempre stata, ma sotterranea. Le donne lo hanno sempre fatto, di nascosto, accanto al focolare. È per questo che ride la Gioconda.»

Angela sorride. Crista la provoca con finta ingenuità:

«Ma è vero che l'omosessualità femminile è la somma di due mancanze?»

Non aspetta la risposta, e con nonchalance:

«Il mio ideale è la bisessualità. Essere lesbiche non è mica una bandiera...»

Agata, sordamente:

«Oh sì. Una patria. Amare tutti – che orrore!»

Crista, sbattendo le ciglia in faccia ad Angela:

«Se decido di fare il salto, ho già una mezza idea...»

Angela non sa impedirsi un sorrisino lusingato.

Dopo avere seminato zizzania Crista se ne va, come il giocatore di biliardo dopo un colpo fortunato.

Agata, appena è uscita: «Che sfacciata, che troia!».

Angela: «Be', sì, vivace…».

«Tu però le davi l'azzico! Ci stavi per morta!»

«Io?!? No! È che è così gentile…»

«Allora perché non le corri dietro, che aspetti?»

Delia: «Non litigate, è solo civetteria, Crista non avrà mai il coraggio…».

Agata: «Ah perché se no?...».

Dudù le distrae dispiegando sul bancone dei fazzolettini di Fiandra ricamati a farfalle, bianco su bianco. Agata si calma. La lite continuerà a casa.

SABATO. ERO GIULIETTA, ERO ISOTTA

Wanda varca la soglia. Ve la ricordate? Quella bruttina stagionata che aveva l'appuntamento col francese, l'amore dei suoi 19 anni?

Lei che andò fresca come un'ortensia, torna che è da buttare.

«In albergo ho preteso due stanze. Stavo ancora sulle mie. Dopo tanti anni, capirete, mi vergognavo a spogliarmi, prima volevo essere sicura che mi volesse davvero, tanto da passare sopra ai danni dell'età…

«Lui mi viene a prendere in camera per andare a cena. Ci beviamo un Pernod.

«Non ho neanche finito di berlo che poggia il bicchiere... e mi agguanta come King Kong, come un principe delle *Mille e una notte*, mi butta sul tappeto… Ragazzi! E chi lo aveva mai fatto così? E non si fermava mai, ha continuato a letto, in piedi, di traverso, sottosopra, un diavolo, e diceva: "Ci dobbiamo rifare di 30 anni"…»

Wanda si asciuga una lacrima.

«Dopo l'indifferenza di mio marito, dopo 100 anni di solitudine veniva questo angelo da Digione e mi faceva sentire la più amata, la più fortunata... Quando mi sono addormentata sul suo petto ero Giulietta, ero Isotta.»

Dudù è attanagliato. Ha aperto i popcorn e li sgranocchia come al cinema.

«Mi sveglio... Lui mi sta guardando. E mi fa: "*C'est la première foi que j'ai une vieille dans mon lit*" (È la prima volta che ho una vecchia nel letto).

«Dice che gli piacciono le Lolite, max 17. E ha pure 8 anni più di me! Ma allora perché mi ha cercata? Credeva che fossi sempre quella ragazza?»

«E tu che gli hai detto?»

«Niente. Sono scappata come un furetto, ho afferrato le mie cose, mi sono vestita in ascensore. Ma ormai è successo. Questo è stato l'ultimo. Nel letto di un maschio non ci torno più.»

MINACCE

Torna Anna, nel panico. L'ex marito ha telefonato. È stufo della sua vita randagia di libertino, stufo delle avventure con ragazze che non stirano, che non gli danno sempre ragione.

Ha fatto delle avance... Insomma sta facendo i primi passi per tornare con la moglie.

E adesso? Lei ormai agiva in una prospettiva più ampia, stava lavorando per l'eternità. Questo imprevisto rischia di rovinarle tutto. Come farà col voto di castità? Non si prende per il naso il Signore. E poi, il piacere del martirio... e poi la casa è piccola, ormai si era abituata... i maschi portano camicie, pranzi, disordine – che ne sarà del suo bagnetto che tiene come un tabernacolo?

«Gli può sempre dire di no.»

«No che non posso. Il matrimonio è un sacramento. Speriamo solo che ci ripensi...»

La cliente se ne va a testa bassa lasciando la porta aperta. Dudù la sbatte con rabbia.

"Si rende conto? È un'epidemia, una piaga sociale: i mariti tornano. Tutti. Ho paura. Tornerà anche il suo? E metterà disordine nelle nostre vite come il marito di Anna nel suo bagnetto?"

«Dudù, sei pazzo.»

"Sono veggente. Non sente un rumore di zoccoli sul terreno? Sono i mariti che tornano, come nella *Cavalcata dei cowboys*...

"(Canta con le mani) *Yppiajeheh... Yppiajohoh... fantasmi di cow-boys*...

"E quanto a suo marito..."

«Ti ho proibito di nominarlo.»

"... il suo ritorno sarebbe la peggiore sventura..."

«Vaffanculo, Dudù.»

"Vado, vado subito. La strada la conosco."

7
Il principe porco

Non voglio farti soffrire

Giardino. Sul dondolo in tempesta, Mao e Stella in lite.

«Tu pensi ancora a Clelia!»

«No, ti giuro! Sei tu che ci pensi…»

Si affaccia il nonno:

«Com'è andato l'esame?»

«Trenta e lode!»

Stella, a denti stretti:

«La lode te la sei messa da solo. Io t'ho dato trenta.»

«E dài, sta' buona Clelia!»

«CLELIAAAAA!!!!! Mi hai chiamato Clelia!»

«Ti sbagli Clelia io…»

«Aaaahhhh!!!!! Un'altra volta! Ma io ti mando al diavolo, ti mando.»

Mao le fa una carezza, lei lo scaraventa lontano.

«Tu ci hai il pensiero fisso! Io sono un ripiego. Se almeno fossi sincero…»

«Ma sei tu che non vuoi sapere niente di lei, che appena la nomino ti metti a starnazzare! Ora ti dico tutto, ti dico.

«Avevo 13 anni, pesavo 110 chili. In classe stavo di banco da solo, perché occupavo due posti. Fu proprio al massimo della grassezza che incontrai Clelia. All'improvviso, tra noi foruncolosi in felpa, piombò quella meraviglia.

«Venne a scuola con l'aria di essersi scordata qualcosa a casa, ma di così importante che tutto il resto le era indifferente, e anch'io.

«Si presentò come in discoteca, cioè quasi nuda con la testa rapata a metà e le labbra nere. La professoressa Colavolpe le sbarrò la strada, e la rimandò a casa. I miei compagni persero la testa per lei, tutti. Ma io mi ammalai d'amore.»

Stella ha un singulto. Lui le stringe la mano:

«Ti faccio male, lo so... ma adesso mi ascolti fino in fondo, se no non guarirai mai. Lei non si accorgeva di me. Ma venne la mia occasione. Il teatro della scuola si preparava a mettere in scena una fiaba di Madame d'Aulnoy, *Marcassino*, un principe che per la cattiveria di una fata è nato con l'aspetto suino, una versione allegra della *Bella e la bestia*. Io feci qualsiasi bassezza per avere la parte di Marcassino (la principessa la faceva Clelia). La rivedo ancora nel suo abito di damina... dio, che apparizione... e io, con una elegante gorgiera, mantello di velluto e spadino, il grugno da maiale e il codino riccio. Era la storia di questo principe porco, che senza malizia, solo perché è la sua natura, la prima notte di nozze uccide a morsi le due prime spose. Ma incontra la terza, si innamora, e si trasforma in un giovane bellissimo, buono buono...»

Stella piange in silenzio, non più nel giardino ma in quella recita di ragazzini dove lei non c'è da nessuna parte.

«Appena scoprivo di amarla mi mettevo in ginocchio davanti a lei, col grugno di porco le baciavo la manina e le dicevo: "Oh! Se un giorno tu potessi vedere il mio vero volto..." A queste parole – Ta'! uno spesso fumo bianco invadeva la

scena e dalla nuvola usciva un Marcassino trasformato, bellissimo… abbracciato a Clelia.
«Il nuovo Marcassino naturalmente era un altro. La parte del bello la faceva Alberto, il primo della classe, fighissimo, orrendo.
«Per me quella recita fu un'epifania: solo la metamorfosi mi avrebbe salvato.
«Capii che dovevo trasformarmi, uscire dalla nuvola bianca, e lei sarebbe stata mia. E dài, non piangere.»

Stella singhiozza. Mao continua il racconto con aria contrita e sfacciato piacere.

«Chiesi ai miei di studiare a casa per dimagrire, e quegli scellerati per una volta furono comprensivi, forse per distrazione. Mi ritirai da scuola per compiere la mia impresa. Con uno sforzo eroico smisi di mangiare. Pensami come un identikit al computer, prima grasso, poi meno grasso poi magro poi magrissimo, con gli abiti che mi cascano sempre più addosso. Persi 40 chili. E si scoprì che sotto quella cotica ci stava un ragazzo di rara bellezza… io. Quello che hai conosciuto tu, e di cui ti sei invaghita…»

Sedotta dalla fiaba Stella non piange quasi più.

«Appena bello, corsi a scuola a mostrare il nuovo Mao, e a prendermi la ricompensa. Troppo tardi. In fondo al corridoio vidi Clelia che si baciava con quel coglione di Alberto. Si erano messi insieme. Non era servito a niente essere diventato un altro.»
«E non fare sempre la vittima! Ti avrà pure cambiato la vita, no, diventare bello!»
«No. Solo che il nonno, che prima manco mi salutava,

adesso mi dà dei soldi ogni tanto. Lui è un esteta pazzesco. Per questo gli manca tanto Carlo, suo figlio. Il suo amore è fatto di contemplazione.»

«Non cambiare discorso.»

«Clelia mi diceva sempre quella frase bestiale: *"Non ti amo... ma ti voglio bene"*. Tu, mi vuoi bene? a me? Ma come ti permetti? Odiami, sai quanto è meglio! Io ti voglio male, invece! Vorrei che morissi, così non ti penso più! E lei: *"Non voglio farti soffrire..."* Questa fa il paio con quell'altra. Se mi amavi mi volevi far tribolare giorno e notte! mi volevi piantare i chiodi, mi volevi.»

(A Stella, tragico.) «Nessuno ci fa soffrire come chi non vuole.»

Stella ha smesso di piangere, lo guarda con odio.

«Tu, che non mi hai mai detto una parola d'amore, mi parli del tuo amore per un'altra?»

«Ma è stata solo una cotta infantile! Dovresti essere contenta! Grazie a lei ho preso un aspetto umano... Se no invece di 'sto bel ragazzo ti trovavi davanti una palla di grasso, e manco mi avresti amato... È una storia chiusa! Da quando ho incontrato te, lei non è più niente! E poi manco era un granché... una metallara del cazzo! Se la rivedo non mi fa nessun effetto. Mi credi o no?»

Stella, sospettosa:

«Perché non giuri su mamma, stavolta?»

«Be', io...»

«Allora è una balla. Se no, giura su mamma. Che possa morire adesso, dove si trova, se qualche volta pensi ancora a Clelia.»

Mao esita. Per quanto spergiuro abituale stavolta ha sentito un brividino, d'un tratto teme di attirare la sventura sulla madre. E non sa come cavarsela.

Quando, il destino sotto forma di Bionda passa a freccia e si butta a correre fuori dal cancello. Dietro di lei il nonno urla:

«È scappata la Bionda!!!!»

Mao coglie l'occasione per sottrarsi al giuramento, e si lancia dietro al cane.

Io Werther, tu Carlotta

Mao vede la Bionda entrare nel grande parco in fondo alla strada dove la insegue, e intanto pensa:

"Ho giurato il falso su mamma tante di quelle volte che se la jella esisteva, a quest'ora – ho avuto un'educazione laica e la superstizione mi fa un baffo, però... giura oggi, giura domani hai visto mai, se a mamma mia gli succede qualcosa io poi crepo di rimorsi. E stavolta la bugia era troppo grossa, perché io ci penso ancora, a Clelia, e se la rivedessi..."

Ed ecco alza gli occhi, e vede sotto un platano una ragazza che legge un libro, con un abito bianco. Accanto a lei un levriero in tinta accresce la sua composta bellezza. Un quadro vivente.

È LEI!

Clelia, nella sua Seconda Apparizione: ha cambiato pelle – via i piercing, via le labbra nere, ora è simile a una diafana Virginia Woolf nel 1930.

E come quando sul capo di Newton cadde la mela Mao ha la rivelazione.

"Altro che pensarla ogni tanto! È l'unico amore della mia vita, la mia nostalgia, il mio rimpianto... Stella? Chi è? Io sono segretamente votato a Clelia – io Werther, tu Carlotta – manca solo il colpo di pistola, ma non è detto..."

Sotto quegli alberi solenni nel verde profondo dell'estate, un empito romantico lo attanaglia e dentro di sé va componendo, mentre le si avvicina, il discorso che le farà, suffragato da una autorevole citazione, Il *Diario occulto* di Strindberg – non è vero che ha letto un libro solo: uno e quasi mezzo. Cioè anche una trentina di pagine del *Diario*, dove l'Autore annota le evocazioni quotidiane di sua moglie, che nella realtà non lo vuole vedere manco dipinto. Ma a lui che importa? Lui parla con lei che non c'è, la carezza ci fa l'amore e poi, quando la rivede e lei non si ricorda, la compatisce. La matta è lei, che non sa cosa fa in sogno. La matta è lei, che non lo ama.

"Io ho una fidanzata apparente che mi sta accanto mi parla mi tocca, e una vera alla quale manca solo il non essenziale accidente della presenza. Di fatto io finora sono stato sempre con Clelia, pure se lei non lo sa. E quindi è ora che ci mettiamo insieme."

La raggiunge – e solo ora si accorge che c'è anche Alberto. Arrotolato sull'erba come una serpe, anche lui in posa, anche lui parte del quadro vivente. Sono insopportabilmente consci della propria grazia, offerti all'ammirazione della folla – che non c'è.

Mao è tutto il loro pubblico.

Troppo tardi per ritirarsi.

«Ciao Clelia.»

Lei accorda agli abiti i gesti e volge appena la testa, con prudenza, come se sopra ci fosse una corona.

«Ciao, Mao.»

Lui e Alberto non si salutano.

Mao la guarda a lungo prima di dirle:

«Come sei cambiata…»

«Perché, com'ero?»

«Punk estrema, non ti ricordi?»
«No. E tu che stai combinando?»
È l'ispirazione di un momento. Come se dietro di lui ci fosse Novalis, che Mao non sa chi è ma in questo momento lo rappresenta, dice con divina faccia tosta una balla le cui conseguenze ricadranno funeste su Delia, laddove gli spergiuri non hanno potuto nulla:
«Faccio il regista. Sto per girare un corto sul giovane Werther.»
Alberto, sprezzante:
«E chi sarebbe?»
Mao: «Come, non lo sai?».
Alberto, con superiorità: «Non vedo la televisione, io».
«Be' te lo dico io. Werther è il santo degli innamorati respinti – il mio santo. Era un ragazzo del diciottesimo secolo… che perde la testa per Carlotta. Ma lei si sposa con un altro, un insipido che si chiama Alberto come te… lui allora piglia le pistole del marito e si spara. E lei piange tutta la vita.»
Alberto, con uno studiatissimo gesto di insofferenza:
«Ma è una soap delle peggiori!»
Mao a Clelia, maligno: «Allora la televisione la vede! Ma il mio non sarà un Werther qualsiasi. Sarà il MIO Werther. Un'interpretazione che farà epoca: Werther non ama Carlotta, ama solo le chiacchiere sull'amore. Dall'inizio alla fine non fa che sfinire gli amici lagnandosi della sua storia infelice: la sua vera passione è quella, di Carlotta se ne sbatte. Un amore tutto declamato. Un film sul narcisismo assoluto».

Per castigarla della presenza di Alberto:
«Come la mia cotta per te, ti ricordi? Il gusto era tutto nel raccontarlo a Tony… ma di vero non c'era niente.»
Clelia accusa il colpo. Mao la squadra con simulata freddezza professionale.

«Stavo giusto cercando un'attrice per Carlotta. Ne ho viste tante, ma... Forse tu non saresti male. Ti va di fare un provino?»

Alberto salta su, dimenticando le pose:

«Ma tu mica fai l'attrice!»

Clelia, che si sente già famosa, con ferocia:

«Che c'entri tu? Io faccio quello che mi pare!»

Mao sorride appena ma dentro grida di giubilo: ahhhhhh! Argh! Che lenza!".

Già li sta facendo litigare. Un Machiavelli dell'amore. Magica bugia, che muta i desideri in ordini: che vuoi? – Questo – e te lo dà.

Dal viale spunta Stella, fiera. Ha riacchiappato il cane. Tiene in braccio il peloso trofeo, aspetta gli elogi. Ma si rabbuia – ha visto Mao e Clelia.

Due lacrime. Sempre a caccia di sali minerali, Bionda le lecca.

Lei non se ne accorge. Senza farsi vedere, si allontana.

Confidenze di merceria

L'impossibile piace a tutti

Lidia si è di nuovo innamorata di un gay.

«Appena vedo uno che mi piace, sta' tranquilla: vuol dire che a lui piacciono i maschi.»

Delia:

«Eh già. L'impossibile piace a tutti.»

«Si chiama Emilio. È bellissimo. Stiamo così bene insieme che non può più fare a meno di me e si arrabbia per questo, mi ha detto: "Ho fatto tanta fatica per prendere la mia strada, e tu ades-

L'impossibile piace a tutti.

so mi vuoi confondere?", e io: "Ma io non voglio niente da te!" e lui: "Le peggiori sono quelle che non vogliono niente: vogliono tutto".»

«Ma tu che vuoi da lui, *veramente*?»

«Quella cosa che con gli etero non c'è più: il fidanzamento. Voglio l'incompiuto. E poi mi piace calpestare un terreno proibito, che non mi spetta.»

«Sì va bene. Ma perché ti innamori SOLO dei gay?»

«Gli ultimi veri maschi sono i froci. È l'unico modo per non portare le corna. I maschi si dividono tra gay che lo dicono e che no. (Abbassa la voce) Ho scoperto la congiura dei maschi: si amano solo fra loro. È l'equivoco della procreazione che ha creato la leggenda dell'amore fra uomini e donne. Se non fosse per quello, quando mai si volterebbero verso di noi? Almeno stando con un gay le cose sono chiare. L'etero mente, l'omo no. Certo è un rapporto durissimo, con uno che è maschio due volte (compresi i difetti).»

Mentre sta andando via si gira, col guizzo felice del maniaco:

«Tanto sono sempre io, il più maschio di tutti.»

Sesso in treno

È tornata Elodia, la ragazza frigida col suo Nino, che era andata a Prato dalla sorella. Si presenta in negozio con una gran fretta di dire la novità a Delia:

«Ce l'ho fatta! Ce l'ho fatta! Sesso scatenato, finalmente!»

«Chissà com'è contento Nino.»

«Mica è stato con lui. In treno, con uno sconosciuto. Con quello non ero frigida, anzi... ma perché?»

«È sempre più facile con chi non vedremo più. Non ti sentivi giudicata.»

«Sì, con lui sono stata sincera, mi sono abbandonata. Ma è possibile che la mia vita sessuale si concentri tutta nella tratta Civitavecchia-Prato?»

«Sei capace di essere con quello che ami come con l'uomo del treno?»

«Sì... Stanotte, a luce spenta, farò finta di non conoscerlo...»

8
Un colpo basso

Intervista col vampiro

Per una volta che in negozio si vende, Dudù è sparito. Un intero autobus di pellegrine si è rovesciato su "Ago e filo". Si strappano dalle mani una con l'altra le calze e le mutande, un top dorato di cui c'è un solo esemplare vien fatto a brani, bambine di 60 anni in gita scolastica, baccanti ebbre di mandarinetto, berciano tirano sul prezzo ridono di tutto e vogliono tutto, veloci ché l'autista, di cui si beffano come di un bidello sciocco ma onnipotente, già preme sul clacson.

Essendo sola Delia perde metà degli affari. Mentre si affretta a servire le ultime, e le donne sciamano via tutte insieme, appare Dudù, nero come l'inverno.

Delia, feroce: «La tua assenza ci costa qualche migliaio di euro».

"Ho scoperto qualcosa che ci costerà molto di più."

«Uffa, gli enigmi. Dove sei stato?»

"Al catasto."

«A che fare?»

"Dopo, la prego."

«Sì, hai ragione. Per le brutte notizie c'è sempre tempo.»

Dudù, paterno:

"Il suo trionfo è proprio in questa vita difficile. Sa perché mi piace, lei?"

«No.»

"Neanch'io. Ma dev'essere qualcosa che attiene alla sua follia. C'è. Anche se sembra del tutto domata. Io la sento, come il rabdomante sente la vena acquifera."

«Tutto qui?»

"E mi piace perché è passata dall'infanzia alla vecchiaia..."

«Vecchio sarai tu.»

"... senza passare dall'età adulta. E come un bambino lei è prigioniera..."

Comincia a piovere. Tuona. Sembra che spostino dei cassettoni in cielo. Intimità del buio improvviso. Dudù accende una candela che si riflette sui loro volti facendoli più palpitanti e vivi.

"Ma lei com'era, PRIMA?"

«Prima c'era in me un piccolo ribelle. Ma ora un ciuco dalle orecchie basse che raglia ogni tanto.»

"Qual è la sua idea dell'amore?"

«Io mi innamoro sempre degli occhi. Il resto viene dopo. Uomo, donna... davanti al batticuore, non ho mai capito la differenza.»

"E poi?"

«E poi... se qualcuno mi fa ridere, io perdono tutto! Anzi è una cosa che mi fa proprio innamorare. L'unica. Chi ci fa ridere ci può fare piangere d'amore.»

"Allora io devo piacerle parecchio..."

«Che c'entri tu? E... il mio amore è cieco, come l'amore. Una ama, dopo quello chi è? Hitler, Landru, Casanova?...»

Dudù, insinuante:

"... uno di trent'anni più giovane?"

Delia fa finta di non sentire, e continua:
«... certe attrazioni si spiegano? No.»
"Ma come se lo immagina un amore?"
«Come nel film *Intervista col vampiro*, di Neil Jordan. Quando il vampiro Lestat (Tom Cruise) bacia per la prima volta Luis (Brad Pitt), e insieme si levano in volo. Così! Chi non vorrebbe, con un bacio, levarsi in volo?»
"Anche per questo mi piace. Lei crede a tutto, purché sia bello."

Gasato dalla visione del bacio volante, Dudù si produce in una sventagliata di frasi col punto interrogativo:
"E noi due, perché passiamo la vita a rispondere ai quesiti d'amore?
"Perché lo facciamo? Se non fosse che l'amore, quello terrestre, è IMPRATICABILE?"

Intanto en passant osa una carezza sui capelli di Delia.
«Dudù, non fare il cascamorto.»

Dudù, ma chi sei tu?

Si interrompono. È entrato Orlando, il commesso del giornalaio dall'altra parte della strada. L'ha appena licenziato perché è gay. Certo non gliel'ha detto, ha sfoderato delle scuse molto corrette.

Attraverso la vetrina vedono il chiosco dei giornali come in un film muto rigato dalla pioggia. Si sta fermando là davanti con la sua auto sportiva il più ricco del quartiere, un veterogay vestito di raso bianco come il pianista Liberace, pieno dei tic da commedia che usavano ai suoi tempi. Il giornalaio quasi gli si inchina davanti, lo riverisce, gli porta fuori il giornale, perché lui non si degna di scendere dall'auto...

Dudù: "I poveri sono froci, i ricchi sono ambigui".

Frattanto manda un sms, e riceve subito risposta. Col linguaggio dei sordomuti dice a Delia qualcosa che il ragazzo non capisce, e la autorizza a significarglielo.

«Dice Dudù che ti ha trovato un altro lavoro, dal giornalaio di via Veneto. Ti paga più di quell'altro. Puoi andare anche subito.»

Il ragazzo corre. Dalla vetrina lo vedono vantarsi col giornalaio, e a quello cadergli la faccia come un palazzo di tre piani.

Per quanto (solo) con lui faccia la dura, Delia è strabiliata.

«Ma com'è che ti riesce tutto? Qual è il trucco? Dudù, ma chi sei tu?»

"Sono un ragazzo sveglio. Non posso parlare, così ascolto. Ho sentito che c'era un posto vacante, e..."

«Dài, su. Tu sei fra Eta Beta e Zorro.»

Dudù, con vanitosa modestia:

"Esagera. Ma anche se fossi Superman, le dovrei molto. Prima di venire qui non sapevo niente delle donne. Nella sua bottega le ho viste da vicino. Queste trottatrici, queste sognatrici che trasfigurano ogni cosa. Apparentemente bollite dagli slogan, non fate che ripetere *Oggi non abbiamo più bisogno dei maschi*, e poi fate qualsiasi bassezza per acchiapparne uno."

Qui si ferma, e la guarda con intenzione, sottolineando ogni virgola:

"Quelle di mezza età, come lei, strette tra i figli che non se ne vanno mai e i vecchi che non muoiono più, vedono sfumare il diritto alla propria vecchiaia. Eppure, non rinunciate mai a raccontarvi qualche mirabolante amore impossibile... col primo che passa, con un fantasma, con chiunque."

Delia pensa:

"Questa tirata me l'ha fatta perché si è accorto del professore."

Una burla

Dudù: "Ma ci sarà pure stato qualcosa che le piaceva fare, PRIMA...".

«Sì! Cantare.»

"Mi canta qualcosa?"

Delia canta: «*Addio, sogni di gloriaaaa, addììo, castelli in aria...*».

Dudù:

"Lei ha una voce angelica. Ma la scelta di quella vecchia canzone così iettatoria... speri, Delia! Nulla è perduto. Lei è troppo in gamba, non può chiudere la partita così. Deve avere la sua chance!"

«Come cantante?»

"No... qui, in merceria. Ma libera. La pianti di servire tutti, a tutti dare amore senza riceverlo... Cambi vita prima che sia troppo tardi. Le ore passano, Delia."

«Tu non capisci: io guardo la vita con occhio da ciclista. Mi guardo indietro e mi dico: "Meno male, un bel pezzo è fatto".»

"Balle. Senta Emily Dickinson, invece: *Non conosciamo mai la nostra altezza, Finché non ci chiedono di alzarci E allora La nostra altezza tocca i cieli.* Mica deve fare la rivoluzione! Basta che lasci quella casa e vada a vivere per conto suo. Lei non conosce il sollievo di svegliarsi da sola, col nastro accecante della giornata che si snoda davanti tutto per sé... Di 24 ore, lei ne dà 17 agli altri, 7 le dorme. Cosa le resta? Quelli la divorano."

«E mio figlio?»

"Sarà meglio per lui, così la smette di viziarlo orrendamente.

"È ora che tocchi anche a lei un metro di sorriso, un barattolo d'aria – è ora che veda un po' di luce."

A confermare magicamente le parole di Dudù, proprio in quel momento la luce elettrica inonda il bugigattolo – è tornata! L'insegna fuori si accende, rosata nel buio della tempesta, la ventola dell'aria condizionata torna a far sentire il suo caro dringolio, il computer fiorisce luminoso sul banco…

Delia si volge a Dudù, piena di meraviglia. Lui si tradisce. Gli viene un poco da ridere.

«Dudù… sei stato tu?»

Dudù ride apertamente.

«Ma dove hai trovato i soldi? Come hai fatto?»

"Sono passato da zia Lina. Lei mi allenta sempre qualcosa, anche senza chiedere."

«Ti vuole bene?»

"No, mi vuole fuori dai piedi. E anche gli altri della famiglia. Come ci presentiamo, lei paga per mandarci via. Appena mi vede mi allenta i mille e io vado. Stavolta due, me ne ha dati."

«Sei contento come se avessi fatto una burla.»

"Ah, Delia! Lei ha scoperto la mia debolezza: le burle. C'è un potere divino nella burla. Se avessi i mezzi, farei solo quelle. Semplici, e sontuose, e tante che ne sfuggirebbe il senso. La burla io la immagino sempre comica e grande, dove alle fine ridono – o sorridono tutti. Possono le burle cambiare il mondo? (lo Zen è una burla)."

La guarda, serio:

"Cambi vita. Ora. Poi ci si pente, quando viene la decadenza vera, in poltrona a rotelle, all'ospizio, perché tanto lì la manderà suo figlio che lei cresce come un lazzarone, senza mai un rimprovero, un no, un ciurlone sul muso... pensi a quando nei giardinetti del ricovero, sola a Natale, spinta da una badante distratta e malvagia che non vede l'ora di buttarla nella fossa, si roderà d'invidia per tutti, e non si perdonerà di avere rinunciato a un po' d'indipendenza, cioè alla dignità, e morirà dannata... Si ricordi, Delia: la perfetta rinunzia è presunzione diabolica."

In un altro momento Delia non perdonerebbe a Dudù quel sermone terrificante, ma la burla della luce, come la chiama lui, l'ha messa di buonumore.

«Ce la faremo! Fra poco il negozio sarà libero dall'ipoteca.»

"Non mi parli di quell'ipoteca, se no vado a prendere a schiaffi suo cognato."

«Ma era questione di vita o di morte!»

Delia non esagera. Anni prima è stata costretta a mettere l'ipoteca per salvare zio Leo, che per giocare ai cavalli si era indebitato con una società di prestiti, la Magic Money – a tassi così alti da raggiungere una cifra mostruosa, ed era attivamente ricercato da quelli della Riscossione Crediti, cioè i killer delle banche.

«Potevo dirgli di no?»

"Sì."

«Poi però è stato molto corretto, e ha pagato regolarmente le rate del debito a ogni scadenza.»

"Ci mancava pure che non pagasse."

Giuditta

Entra senza salutare una signorona con gli occhi grossi. Identica a Giuditta, l'indemoniata di *Piccolo diavolo*, le manca solo la pelliccia. Ma dal suo chemisier estivo traluce il visone padronale che indossa ai primi freddi. Giuditta fa il giro del negozio, guarda sopra, guarda sotto, dà un calcio al muro per vedere se è solido, fa scattare un metro a molla, misura. Poi ai due, delusa:

«Tutto qui?»

Delia: «Tutto qui cosa?».

«Dal bollettino non si capiva che era un buco.»

«Che bollettino? Ma lei chi è? Che vuole?»

«Su signora non faccia la commedia, vuole dirmi che non lo sa?»

E tira fuori il bollettino dei sequestri. L'ipoteca è scaduta, nessuno ha mai pagato, perciò ora il negozio appartiene alle banche. E sta per andare all'asta, prezzo base – irrisorio! – di 90.000 euro.

Giuditta, golosa: «Che occasione! Stia tranquilla che non me la faccio scappare. Ora fa schifo per come lo avete messo voi, ma io butto via tutto. Verrà un gioiello, la mia profumeria».

Invece di arrabbiarsi Delia sorride.

«Mi dispiace per lei, signora, ma c'è uno sbaglio. La profumeria dovrà farla da un'altra parte. Il debito è strapagato, ci sono le ricevute.»

Tranquilla sale sullo sgabello, prende uno scatolone in alto e apre a ventaglio le ricevute davanti all'ossessa. Giuditta le scorre con le zanne inanellate.

«Sono false. Non vi denuncio perché non ho tempo. L'unico modo per conservarvi il negozio sarebbe presentarvi all'asta e cercare di ricomprarlo. Ma non ci provate nemmeno: io fino a 180.000 ce li butto.»

Giuditta rinfodera il metro con uno scatto risonante, e se ne va lasciando (apposta) la porta spalancata. Fuori fa il suo gesto abituale fin dalle elementari, quando era una grossa asina meno che in aritmetica perché sapeva fare i conti, e ancora più indietro, all'asilo o chissà, nel seno materno, appena i piedini furono formati – si pulisce la suola strofinandola sul selciato, ripetutamente, come chi ha pestato una merda.

Delia chiama subito zio Leo: «Così avevi pagato, eh? La mia merceria… all'asta! Delinquente! Hai falsificato le ricevute! Truffatore! Mi hai rovinato!».

Il cognato risponde con voce annoiatissima:

«Hai qualche carta che lo dimostri? No. È stato fatto tutto a tuo nome.»

«Porco!»

«Ah ti scandalizzi, dopo quello che m'ha fatto a ME tuo marito?»

«Ti dovrei mandare in galera!»

«E io, allora, dove lo dovevo mandare Carlo? Al bagno penale, alla ghigliottina? Va', va', che sarete sempre in debito con me!»

Riattacca.

Delia, schiantata: « Sì, merita la galera».

"Ce lo mandi. Vada subito in questura, la accompagno."

«È il fratello di mio marito. Non posso. Ho la soluzione: metto un'ipoteca sulla casa e riscattiamo la merceria.»

Dudù esita, guardandola con pena. Finché si decide a dirle ciò che sa.

"Delia… sono costretto a darle quella brutta notizia... ho controllato al catasto. Suo marito l'ha ingannata. Non è vero che le ha lasciato la casa. Sua suocera non ha mentito al prete: È VERAMENTE intestata a lei."

Delia riesce solo a dire: «Addio casa, addio negozio».

Come se le importasse solo di quello, e non del raggiro del suo ex.

Ma è quasi morta. Siede composta, per nasconderlo. Ma Dudù sente tutto quello che sente lei, e quando lo freghi. Le fa una specie di carezza senza toccarla, un segno sopra la testa. Dudù è anche prano. Ha un fluido nelle mani col potere di rasserenare, o almeno di concedere una tregua.

I dolci pensieri comuni

Ma Delia non ha bisogno del suo fluido: è donna. Mobile, non rigida come il maschio, che si fisserebbe sul sequestro e su come dare a zio Leo un fracco di legnate.

Delia ha la capacità di spostare i pensieracci come si scosta un ramo che impedisca il paesaggio. Non lascia che la gerarchia delle preoccupazioni sia decisa dal buon senso, che è tanto cattivo.

Quando esce dal negozio non si è certo scordata il guaio che le pende sulla testa, mica è scema. La merceria è la sua impresa, la sua isola di bellezza – ma un pensiero più lusinghiero, più potente la visita: il suggerimento di Dudù a scappare da quella casa, a prendersi un angolino di vita per sé – a sperare, amare forse. Insomma si è montata la testa parecchio.

Quando va verso casa le parole di lui la seguono come una colonna di formiche.

Ed ecco vede arrivare il professor Carpinella in bici, nello stesso tratto dell'ultima volta – ma ora si accorge che stava appostato.

Dunque la aspettava!

Non casuali erano i suoi passaggi!

Né gli sfioramenti!

Egli la ama!

Ed è peggio di lei.

Più timido, più tortuoso. Capace di attendere nella canicola per farle un salutino – e le vengono dei pensieri deliziosamente comuni.

E se – per una volta, derogando di brutto, invece dell'amore angelico si uscisse insieme? Al teatro India, all'Hotel de Russie, al Gay Village?

Certo bisognerà non farsene accorgere da Dudù.

Ma che problema è? Cos'è tutta questa confidenza? Se dice una sola parola lo licenzia, a quello.

Confidenze di merceria

Sporcaccioni di tranvia

Maria: «Ho 58 anni e una delusione per capello. Lasciata dal marito, dai figli, ogni tanto avrei bisogno di una carezza, e invidio il mio gatto che si struscia a tutti.

«Giorni fa mi si è rotta la macchina e sono stata costretta a prendere l'autobus.

«In quella calca spaventosa ho sentito uno che mi premeva. Invece di mettermi a sbraitare l'ho lasciato fare. Il tragitto era lungo, e ho provato un vero rapimento dei sensi. Ora sento una grande pace, come se avessi avuto un'avventura erotica. Perché l'ho avuta. Io a quello sconosciuto, che sarebbe correntemente definito maniaco, sono grata: grazie a lui, mi sento di nuovo donna».

Dudù parte con entusiasmo:

"Che bellezza! Allora esiste ancora quel fossile prezioso, ormai travolto dalla 'tolleranza': lo sporcaccione dei mezzi pubblici, l'artista della mano morta. Lode agli ultimi credenti nel corpo. Viva questi lupi di tranvia, specialisti del contatto fuggevole, consolatori di donne che sennò non lo vedrebbero nemmeno dipinto. Benemeriti che non fan caso all'età né all'eleganza, purché una chiappa, o altro morbido spazio, si offra alla loro umanissima fame."

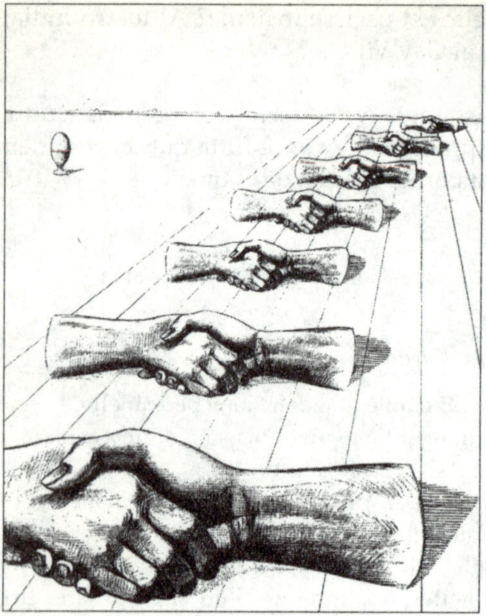

Lode agli ultimi credenti nel corpo.

Delia, convinta:

«E magari uno di questi giorni faccio anch'io un colpo di testa, il solo passo decisivo per una donna in cerca d'amore: salto sul 310!»

La moglie del vedovo

«Sono una cornuta senza corna. La sua prima moglie è morta, poi si è innamorato di me veramente. Ma dopo cinque anni, ancora si sbaglia e mi chiama col nome di lei, magari mentre mi stringe a sé. Io certe volte abbozzo ma certe volte mi prende una rabbia che rompo tutto. Perché se lui sta con ME, e quell'altra ormai è cenere, perché deve stare sempre fra noi? Peccato, è morta! Non posso spaccarle il muso. Dice che mi ama ma vorrà sempre bene anche a lei, dice che l'amore non è come un prosciutto che si conta a porzioni. Lo lascio? O lo ammazzo?»

Delia: «Meglio la seconda: ammazzarlo, per scambiare i ruoli. Così, svegliandosi nell'aldilà abbracciato alla prima sposa, la chiamerebbe col tuo nome. Non vedo altro modo per essere promossa al rango invidiabile di ricordo».

9
La vita è tutta un Leopardi

Chi è la nonna

Delia torna a casa. Dopo Giuditta e i discorsi del suo paggio, ha bisogno di stare sola.

Ma la porta si spalanca, entra Flor inseguita dalla suocera che vuole picchiarla perché dice che le ha rubato un anello. La acciuffa, Delia lotta per difenderla, intenso corpo a corpo, becca uno schiaffo diretto all'altra.

In quella dalle scale il suocero grida che ha ritrovato l'anello.

L'Elvira pronta gli grida a sua volta:

«Alora se vede che l'avéi rubbato tu...»

Molla Flor e corre giù per punire il nuovo colpevole. Chiasso, strida, botti da accapponare la pelle. Flor chiede asilo finché non si saranno un po' calmati.

Delia ha pensieri di rivolta. Le parole incendiarie di Dudù danno i loro frutti, stanno corrodendo la sua mansuetudine.

Il santino del marito si offusca. Non lo perdonerà mai, mai, di averla lasciata a fare la guardiana a quella indemoniata.

Lo sapeva, lui, chi era sua madre.

Un episodio la illustrava tutta.

La nobildonna

L'Elvira era molto superba. Voleva stare sempre un gradino più su degli altri, le piaceva vantarsi. Nel 1943, a 18 anni, si trovava con suo padre in Albania, a *colonizzare*, in una villetta bifamiliare, che dividevano con la famiglia Dessì.

Bella e capricciosa, laggiù la borghesuccia di Umbertide si sentiva una regina. Ma scoprì con dispetto che qualcuna era più regina di lei: la sua coinquilina, la signora Dessì, era nobile. E riceveva lettere con la dicitura N.D., Nobil Donna.

Questa l'Elvira non poteva mandarla giù.

Un giorno si accorse che Lelletto, il figlio tredicenne della signora Dessì, beveva di nascosto l'acqua Sangemini che suo padre faceva venire a caro prezzo dall'Italia.

Tacque, esultante: finalmente si presentava l'occasione per abbassare la cresta a colei che offuscava il suo primato.

L'Elvira riempì la bottiglia di Sangemini con una mistura micidiale: smacchiatore, ammoniaca, acido muriatico... E poi, attese.

Un grido bestiale squarciò il silenzio del pomeriggio. Tutti accorsero.

Lelletto si torceva a terra, in fin di vita: accanto a lui, la bottiglia rotta, lasciata cadere nello spasimo. La signora Dessì gridò:

«Lei è pazza! Cos'ha messo nell'acqua minerale?»

E l'Elvira con l'innocenza più sfacciata poté finalmente pronunziare la frase studiata da giorni, la frase che era lo scopo stesso di quell'omicidio:

«Ma, signora Dessì! Chi avrebbe mai immaginato che il figlio di una nobildonna come lei si attaccasse alla MIA Sangemini?»

Lelletto non morì, per un pelo.

La nonna raccontava ancora questa storia, senza un filo di

rimorso, e non si teneva dal ridere. Concludeva sempre dicendo:
«La superbia va punita.»

SUCH WAS ELVIRA LUPINELLI IN BOTTONI. E proprio a lei l'ha mollata, Carlo? L'ha condannata all'ergastolo con sua madre?
"Ma io, tutta la vita così? Sempre 'sta pochade?"
Si proietta lontano, lontano, e non vede cambiamento, riscatto o riposo.
"E se la vecchia campa più di me?"
Terrore di morire prima di lei. Terrore che oltre alla gioventù le fottano anche la vecchiaia. Di non potersi godere quella che chiamano terza età, cioè l'ultima, e dopo chi s'è visto s'è visto… e ha già 50 anni.

Ma siamo davvero macchine da sacrificio, noi donne?

Ha un iroso sbalzo di pressione all'idea che non potrà vivere libera almeno un giorno della sua vecchiaia, cerca una via di fuga…

Beate le marchette

Intanto il figlio sta facendo dei piani su di lei – no, non ancora – fra poco.
Al momento Mao è intento a valutare l'impiccio in cui si è messo.
Ora che gli è scappata la bugia del film con Clelia, bisogna che diventi vera.
Bisogna trovare i soldi per il Werther – *a tutti i costi*.
Del film se ne infischia, ma è la grande occasione per strapparla all'odioso Alberto.

La farà innamorare sul set, fra cinema e realtà… Che scusa superba per fare come piace a lui il lumacone all'infinito, senza costrutto. Altro che Marcassino. Qui non fa il maiale, fa il regista. Qui è lui il principe.

Ma chi lo finanzia? Mamma? Poveraccia… No… Tony! Ma certo, spaccia dai tempi della scuola media, veste male, non ha vizi, deve avere un malloppo da paura.

Lo chiama subito al cellulare. Spenderebbe meno chiamando dal fisso, ma il risparmio gli fa ribrezzo.

Mao: «Tony, ho bisogno di un prestito».

È il linguaggio cifrato che usano per il fumo, e l'altro risponde in codice:

«Ma come, t'ho appena rifornito per sei mesi… ehm, di soldi… Non è possibile che li hai già finiti!»

«Non hai capito…»

«Ho capito sì!»

L'amico passa al codice B, metafore alimentari, nel tentativo di capirsi meglio:

«Insomma che ti serve? Salame? Prosciutto?»

Mentre gli parla, Tony, un riccetto spiritoso, soppesa in una mano un tocco di hashish, nell'altra un ciuffo di marijuana.

«Ci ho pure un'insalatina fresca fresca, viene dal Salento…»

«Noooo!»

«Ma si può sapere che vuoi?»

«Cinquantamila euro.»

«Cheeee?»

«Devo girare un corto sul giovane Werther. È urgente.»

«Urgente?»

«Sì. La protagonista è Clelia, e non ti dico altro. L'ho rivista… sto per afferrare il sogno che inseguo da quando ero piccolo, e tu… mi devi aiutare.»

Tony tace. Mao insiste:

«Ormai gliel'ho detto. E sono costretto.»

«A parte che ci avrò sì e no cinquanta euro…»

Mao dà in un'esclamazione indignata:

«Comeeee? Spacci e non hai un soldo? Disgraziato! E allora che spacci a fare?»

«Per spendere a vuoto. Ma non per te. Io le tue balle non le pago. Chiedi a mamma.»

«Quella sgobba notte e giorno, non ho il coraggio. Che odissea chiedere i soldi a casa, che tormento! Un ragazzo finché non lavora è un mendicante.»

«E se spende un po', pure un mantenuto.»

«Beate le marchette. Quelli fanno qualche sconcezza convenuta (forse non priva di qualche dolcezza, come sempre il lavoro) e poi via! Basta, finita.

«No io piuttosto che chiederli a mamma sono pure capace di…»

Si ferma, grave, come chi sta per dirla troppo grossa.

«Di che?»

Mao, tono estremo:

«D'andare a lavorare!»

Schiacciato dall'immensità di quanto ha appena affermato, Mao sospira.

«Uffa 'st'apocalisse, ma quando arriva? Promettono promettono, ma tutto resta al posto suo. Così dopo pure se eri uno stronzo non se ne accorge nessuno, e promosso o bocciato, chi ci fa caso? E mentre sprofondo, fra amato e non amato che differenza farà?»

«Ma dimmi di Clelia. C'era pure Alberto?»

«Sì.»

«È sempre bello?»

«La solita faccia da scemo.»

«Sei geloso. Hai ragione, è più bello di te.»

«No, Toooooony! Non mi dire che gli muori ancora appresso. Come me con Clelia? Siamo proprio due immaturi.»

«L'immaturità sessuale è un diritto. E pure quella sentimentale.»

QUALCHE NOTIZIA SU TONY. *Figlio unico di genitori che non si amavano più. Era un bambino al quale nessuno parlava. Né padre né madre. E neppure fra loro. Venne su come il cane di due padroni, nel disamore delle cose possedute a mezzo, che non ti viene troppo da trattarlo bene, perché ti pare che ci guadagni l'altro. Finché i suoi decisero di divorziare, non sopportando più l' uno l'esistenza dell'altro. Erano proprio lì lì, quando scoprirono che il figlio era gay. E trovarono una scusa inaspettata per rimanere insieme.*

Si separarono in casa, ma uniti da un'impresa: la crociata per recuperarlo.

Per la prima volta d'accordo, gli urlarono all'unisono:

«Tu... tu sei un diverso?»

«Ma quale diverso? E dove stanno gli uguali?»

Nel dissidio perenne, avevano un punto in comune: cattolici praticanti, per loro tutto quello che usciva nel sito dei Papa-boys era oro colato. C'era scritto che l'omosessualità è una malattia, così cercarono di curare il figlio. Nell'impresa per farlo guarire furono coinvolti fior di psichiatri, neurologi, preti. Di gradino in gradino scesero fino all'esorcista. Tony fu portato da un fratone, un mistico lestofante che con l'imposizione delle mani faceva ogni sorta di miracoli.

Era troppo. Tony decise di fuggire di casa. Fu scoperto. Ai genitori non venne mai il dubbio di averlo seviziato. Ma una fiction in TV *li cambiò da un giorno all'altro. La* TIVÙ *conta più del papa, e videro che essere gay in fondo andava di moda.*

Tony non si poteva convertire e così si convertirono loro, esagerando nel senso opposto. Ostentano una complicità perniciosa. Si impicciano della sua vita sessuale perché non hanno la propria, e il figlio ha un bel ripetere:

«Fatevi i fatti vostri, se li avete!»

Ma non li avevano. E si comportavano da room-mate. Melensi come confessori loschi come voyeur, gli impongono un coinvolgimento repellente, e non sospettano quanto lo tediano e lo offendono. Cioè lui glielo dice ma quelli sordi. Non sono tolleranti, sono ruffiani.

La madre si attaccò a lui morbosamente. Lo portava a teatro col papillon, voleva sostituire il marito con Tony. Parlava sempre e solo di lui, non la sopportava più nessuno.

Tony rimpiange quando lo perseguitavano. C'era più dignità.

L'unico che gli dà ancora soddisfazione è quel fascistone di zio Leo.

L'ultima volta che Tony è venuto a trovare il nipote ha borbottato:

«Chi va con lo zoppo...»

E alla nonna, che spiava dietro la finestra:

«L'amico di tuo nipote è un sodomita!»

La nonna spalanca la finestra. A Tony:

«Bella robba! Ma 'n te vergogni?»

Tony alla nonna:

«Ma si vergogni lei. Ma che io le vengo a chiedere cos'ha fatto stanotte con suo marito?»

«Niente. Dal 1960. Sémo gente pulita, noialtri.»

Tony sogna di vivere da solo, ed è in collera col suo vizio (consumismo terminale) che gli impedisce di mettere da parte qualche soldo e sfuggire a quei due cretini.

Ge-nio, Ge-nio, Ge-nio...

Per appassionare l'amico all'impresa Mao gli inventa lì per lì uno splendido copione del Werther, e invece si appassiona lui, gli pare la più sincera vocazione della sua vita. Tony lo fa parlare, parlare, parlare per 72 euro di carica.

Ma non sgancia.

Non resta che chiedere a sua madre.

Per darsi coraggio Mao si fa una canna.

Cade sul letto, addormentato.

Sogna.

La prima del *Werther*, al cinema. Sullo schermo Clelia, soavissima in abiti settecenteschi, nel ruolo di Carlotta. Ma subito svanisce, e alla sua immagine si sovrappone quella di Mao nei panni di Werther con le pistole in mano. Un'ovazione paurosa scuote il cinema, il boato di una folla grande come il mondo scandisce:

GE-NIO, GE-NIO, GE-NIO...

Gli applausi scemano nella stanza. Mao si sveglia. Non resiste all'ispirazione del sogno. Fa un numero di telefono.

«Sei tu, Clelia?»

«No, sono la madre. Chi è? Sono le quattro.»

Mao, luttuoso: «Mi perdoni, signora. Sono Mao. È un'emergenza. Mia madre ha tentato il suicidio».

Trepestio in casa di Clelia.

Mugolii di protesta.

Parapiglia. Passi nudi.

Sbuffi poco amichevoli. Finalmente la voce di Clelia:

«Che avrebbe fatto, tua madre? Ah stai zitto, eh? Sei proprio... un indiscreto!»

«Dio, che stra-figa! Invece di dire stronzo dici indiscreto, che vuol dire stronzo lo stesso, ma con quale grazia...»

«Che vuoi?»

«Mia madre è una metafora. IO sono in pericolo. Per colpa

tua. Ricordati che se mi succede qualcosa, come a Werther, fino all'ultimo avrò pensato a te.»

«Hai fumato, eh? Non lo fare più, hai capito?»

«Di fumare?»

«No, di chiamarmi a quest'ora. Chiama la tua ragazza, che è una santa.»

L'età di Madonna

Proprio mentre Clelia gli riattacca il telefono sul muso, Mao sente dei suoni dalla stanza della madre. Lamenti? Pianti?

Comunque è sveglia. Forse è il momento migliore per tentare il colpo. Fiaccata dall'insonnia sarà la preda ideale. Basta non spaventarla subito coi 50.000. Per ora basta dire 30.

Mao si affaccia alla porta della camera da letto.

Suicidata no, però non sta manco tanto bene.

Supina, gli occhi spalancati sul soffitto, la madre borbotta qualcosa.

«Che c'è, ma'? Ti senti male?»

«No, stavo facendo i conti. Del tempo che mi rimane. Ho scoperto che sono vecchia. La vita è tutta un Leopardi:

> Vecchierel bianco, infermo,
> mezzo vestito e scalzo,
> con gravissimo fascio, in su le spalle,
> per montagna e per valle,
> per sassi acuti, ed alta rena, e fratte,
> al vento, alla tempesta, e quando avvampa
> l'ora e quando poi gela,
> corre via, corre, anela,
> varca torrenti e stagni,
> cade, risorge, e più e più s'affretta,
> senza posa e ristoro,

lacero, sanguinoso; in finch'arriva
colà dove la via
e dove il tanto affaticar fu volto:
abisso orrido, immenso,
ov'ei precipitando, il tutto obblìa.
Vergine luna, tale
è la vita mortale.

Mao (dice): «Vecchia, ma dài! A 50 anni! Hai l'età di Madonna… ma sei meglio te, così naturale. Quella è un sex-symbol perché è ricca, e dice che nuda è tutta ricucita come un cappotto rivoltato».

Mao (pensa): "Dio santo che sfiga! Ma proprio adesso le doveva prendere la depressione leopardiana? E mo' co 'sta crisi, manco 5 euro le posso chiedere."

Sono tutte pazze le donne. Lui si fida solo dei maschi (fuorché di suo padre).

Molla la presa. Per ora. La prima regola di un'estorsione è azzeccare il momento giusto. Domani. Sono 24 anni che la tiene sotto, mica gli sfuggirà proprio adesso. Domani, domani. Sì, abbocca. Sarà felice di favorire quell'impresa che gli appare sempre più gloriosa. Finanzierà il film, sua madre. A costo di farle vendere il negozio.

Confidenze di merceria

Contra musones

«Io sono allegra, lui ha sempre il muso. Si sente importante solo se fa l'incazzato. Dice che lui è serio e io no. Se rido mi guarda con rimprovero, finché passa la voglia anche a me.»

Dudù: “Delia traduca: Improvviserò per la signorina un’orazione che voglio ciceronianamente intitolare *Contra musones*: Ah, musoni! Disgrazia della famiglia umana, inventori dell’oscena calunnia *risus abundat in ore stultorum*, quando è così facile arrendersi all’infelicità. Musoni castigagioie che ignorate quanta tenera fatica, quanta delicata ingenuità richieda l’umor lieto. Voi credete che il sorriso fiorisca per caso, e non per amorosa e tremendissima fatica...”.

Ci sentiamo vecchie

Due gemelle, Chiara e Rosa: «Abbiamo 57 anni, ci sentiamo vecchie...».

«Fate che i vostro 20, 40, 70 anni siano i vostri, e di nessun altro.

«Non quelli della pubblicità, né delle amiche, né del dottore.

«Cambiate età ogni giorno. Siate nonne a 15 anni, fidanzate a 80.

«Ma non siate MAI quello che gli altri vogliono.»

10
Il sogno di Delia

Altre voci, altre stanze

Delia è a letto. I pensieri prima di dormire. Fiumi limacciosi che si scontrano, frasi, detriti:

"È la prima volta che ho una vecchia nel letto."
"Hai l'età di Madonna!"
"Poi ci si pente, quando viene la decadenza vera..."
"Le ricevute sono false..."

Con l'ultimo barlume di ragione si ribella ai discorsi di Dudù. Che vuole quello? Si diverte a confonderla? Lei sa bene qual è il suo dovere. Ognuno nasce per qualcosa, le formiche, le api... Lei è nata per badare agli altri. E quanto ai sogni patetici di trovare l'amore alla sua età... Dudù è pericoloso, un amorale. Forse un sadico. Ha sobillato quella povera donna spennata, e per colpa sua in lei si è fatta strada la speranza, causa d'ogni umano guaio e fortuna. Gli importa assai, a lui, delle conseguenze.

L'ultimo pensiero cosciente è: "Lo mando via, così torna tutto tranquillo".

Anzi, il penultimo. Prima rivede un suo amante dei

tempi postdivorzio, il silvano Paci, che fra le sue braccia boschive tenendola stretta per 30 notti l'aveva guarita dall'enfisema – e capisce che una sola cosa le manca: l'abbraccio. Ormai la abbracciano solo ai funerali. E pensa: "pagherei, sì, pagherei qualche brav'uomo, solo per questo". Oggi, sesso, tanto, basta cercarlo. Ma chi ci stringe? Chi ci accoglie? Chi ci consola? Mi andrebbe bene uno qualunque, senza limiti di bruttezza, purché mi abbracciasse, senz'altro a pretendere.

Delia si addormenta.
Sogna.

Rifarsi una vita

Delia sente una voce volgare dentro di lei:
"Basta con gli amori immaginari! Voglio essere la più figa di tutte!"

Nel sogno non c'è ipoteca, non c'è sequestro, non c'è nemmeno il negozio. Delia non si è mai fatta il mazzo, ha vegetato in un ministero. Fa l'impiegata. Di Stato. Ed è di quelle che in ufficio leggono il giornale e non fanno un cazzo. Ciò che da sveglia troverebbe ignobile, e nel sogno le pare una delizia. Ha dei risparmi, nel sogno.

Ogni anno ha messo via la tredicesima la quattordicesima la quindicesima e adesso ha da parte 200.000 euro.

È di un egoismo ributtante, nel sogno. È una canaglia. Pensa che la vita l'ha derubata come un topo d'albergo e vuole rifarsi.

Ha solo pensieri politicamente scorretti, e anche il linguaggio ne risente.

... dice, Madonna si mantiene bella perché è ricca. E io che sono, la figlia della serva? Dopo una vita che dò dò dò e dò e dò... ehnnò! Ci ho un capitaletto in banca tante volte una malattia una disgrazia... e più disgrazia delle giornate mie che mi può succedere? Mi strozzano? Magari, così almeno qualcheduno mi tocca, non succede da quanto? Manco in tram, perché vado in macchina – la macchina! Così ti perdi pure l'ultima occasione pietosa di un contatto galante magari involontario, il calore umano di quei corpi sconosciuti che ti passano accanto.

"Povere donne che secolo disgraziato, abbiamo lottato per fregarci da sole prima i mariti a parte che sopperivano alle necessità, se avevano un'amante si facevano scannare prima di confessarlo, oggi ti ammazzi di lavoro e l'amante te la sbattono in faccia specie se è più giovane e più bionda, come la Nadia – dice la civiltà! La civiltà sarebbe che io invecchio come un tappeto sotto la pioggia? Mi sono sempre detta tienili cari quei risparmietti, tante volte una necessità per tuo figlio... seeeeeeeeeeeee!!!!!

Ah quella è ricca? E io ci ho 200.000 cucuzzi! Eccelimettotùtti! Per cambiare faccia per cambiare tùùùùttooooo! Faccio fruttare quell'investimento a perdere che è stato finora la signora Delia Bottoni – professione: inutile.

DELIA VA IN BANCA E RITIRA TUTTO QUELLO CHE HA

L'impiegato: «Come mai ritira tutto, signora? Parte?».

Delia (Occhi sbarrati, sorriso folle): «Sono già partita. Non si vede?».

CON QUEI BIGLIETTI SCROCCHIANTI STRETTI AL PETTO, VA DIFILATO NELLA CASA DI BELLEZZA "MEPHISTOPHELIS" CHE RECLAMIZZA TANTO IL SUO "QUICK-LIFTING".

È una donnaccia sfrenata e materialista quella che si presenta al desk, a una segretaria laccatissima. Delia le chiede:

"Quant'è il trattamento?"

"Ma... cosa si vuole rifare?"

"Tutto."

"200.000 euro. Rateizzabili."

"No signorina cara, tutta una vita a rate. Stavolta... CONTANTIIIII!"

Così dicendo rovescia sulla scrivania il malloppo che per godimento infantile ha voluto in tagli da 50. Una bufera di banconote volteggia nella stanza.

La signorina biancovestita con grazia di acchiappafarfalle ricattura il tutto e non batte ciglio: lì hanno estremo riguardo per le stravaganze del climaterio femminile, loro fonte di vita, e ne hanno viste ben altre.

Delia si accende una sigaretta che nel sogno è un gelato. La segretaria col tono ruffiano comune a parrucchieri ginecologi di grido dentisti ladri insomma quei posti dove si paga un'infinità più del suo valore:

«Eh signora! Fumi, fumi... Se entra qui sarà la sua ultima sigaretta.»

«Pensi un po', è la prima. E non smetterò piùùùùùùùùùù
ùùùùùùùùùù
ù
ù
ù
ù
ù
ù
ùùùùùùùùùùùùùùùùùùùùùùùùùùù».

A braccia aperte in quell'orrifico gorgheggio Delia prende la rincorsa scivola ad angelo sul pavimento a cera tirato come un volto di centenaria senza fermarsi spalanca la porta della sala operatoria, approda a tuffo in un lettino, e...

Esce dalla clinica. Più bella di Madonna, più sexy.

Fuori c'è il Professore che appena la vede fa un balzo da fauno, cerca di ghermirla ma lei gli sfugge, cammina a salti come un canguro ogni balzo fa 100 metri e tutti stanno col naso all'aria per vederle le mutande Unno 100 per 100 cotone, lei guarda in giù... e vede che il Professore non è solo, ce n'è un altro che le corre dietro! È il suo ex marito. I due maschi cercano di superarsi in velocità per raggiungerla – ma lei si chiude in casa ridendo a testa indietro come Laureen Bacall, ride e si specchia, si specchia e ride, si specchia, si specchia, si specchia.

Intanto Mao, suo figlio, si è incapricciato di un cellulare che cambia la vita a un uomo: fa diventare verdi i semafori, studia al posto tuo, scopre le bugie degli altri e nasconde le nostre, mette in diretta con le rock-star, procura il fumo, fa innamorare, preserva dal trovare un lavoro ma provvede a te largamente, scongiura l'impotenza, fa trovare il parcheggio, suggerisce la battuta fulminante al momento giusto, fortifica le gengive accorcia il naso si vendica dei nemici – e costa solo 200.00 euro. Mao sa a quanto ammonta il gruzzolo materno. E va da lei per strapparglielo, senza sapere che è sfumato.

Nel sogno Delia conosce ogni suo pensiero e anche il discorsetto che Mao sta per farle:

"Mamma, dammi quei quattro risparmi. Hai 50 anni, ne potresti avere 80: chi ti si fila? Che te ne fai tu di 200.000 euro? Non sapresti nemmeno come spenderli. Io sì. Fammi essere giovane, mamma."

Mao arriva a casa. In giardino resta un momento imbambolato: dalle scale sta scendendo una strafiga con un vestito rosso un culetto e due scarpini. Così abbagliante che gli accade qualcosa di estraneo alla sua pigra natura: gli scappa un villanissimo fischio alla pecorara mentre la bella frulla via.

Chiede a Flor che sta spazzando:

"C'è mamma?"

"È appena uscita. Ma come, non l'hai vista?"

"Chi?"

"Ma se t'è passata davanti!"

Mao resta di pietra. CHI? Quella straf... *la mamma*?

Scandalizzato si dà a inseguire la donna rossovestita che frattanto trotta sul marciapiede. Il Professore e il marito sono spariti, ma al momento non le mancano: la segue l'occhio impudico del garzone del panettiere che trilla con la bici, del guidatore d'autobus che le suona il clacson.

Ma come tutti a lei? Sì, perché nel sogno ci sono altre donne belle, ma la bellezza repentina che scaturisce dal quick-lifting e dallo straziante desiderio di non morire senza un bacio è speciale come uno champagne fuori mercato, frizzando scompiglia pantaloni e gonnelle.

Fra i volti adoranti c'è anche quello di Carlo, che le manda baci, si strugge ma per qualche sortilegio non riesce ad avvicinarsi.

Mao, esterrefatto:

"Mamma! Signora, voglio dire... Ma che hai fatto?"

Lei ride, insolente, provocando l'attenzione di un imbrillantinato procio dei bassifondi con un drago tatuato che spunta dalla canotta, e che look a parte è identico a Dudù.

"Mao, ho fretta. Che vuoi?"

(Lo sa, ma si vuole divertire.)
"200.000 euro."
"Perché?"
"Voglio fare un anno sabbatico."
"Ma se non hai mai lavorato?"
Mentre parlano Delia si specchia nelle vetrine, mostra la punta della lingua al commesso che pulendo i vetri le indica col piumino il rigonfio dei pantaloni – la sua vita è diventata un film porno-musical gaio e scostumato.
"Mi dispiace, non ho più un soldo. Ho investito tutto su di me."
"Cheeee? 200.000 euro ti sei mangiata? E... COME????"
"Mi sono comprata la bellezza. Che non si vede? Vuoi i soldi? Be' aguzza l'ingegno! Delinqui! Ma che ti credi che tuo padre è arrivato dove è arrivato senza un pizzico di immaginazione? Se ti dico che ha fatto alla tua età, e solo per farsi notare dal critico Juanito Triglia..."
(QUESTA È UNA CALUNNIA, E DELIA LO SA BENE, MA LA DIAVOLA DEL SOGNO NON HA SCRUPOLI A DEMOLIRE IL PADRE AGLI OCCHI DEL FIGLIO, COME CONTRAPPASSO A TUTTE LE VOLTE CHE GLIENE HA FATTO L'APOLOGIA).
"Mamma, basta! Fai pena!"
"No, faccio arrazzare! Di' la verità, sennò vai all'inferno!"
Alle grida, attorno a loro si sta radunando un capannello.
"È vero o non è vero che prima mi hai fatto un fischio da stadio?"
"Ma non ti vergogni?"
"Zitta, sta' zitta, ci guardano!"
Delia si volge alla folla:
"Prima parevo una strega, e mo' mio figlio non m'ha riconosciuto! Mi ha fischiato dietro mio figlio!... 200.000 euro? Ma 1 milione, se ce l'avevo! Ma su, dite! Parlate! Non siate timidi! Lei, signora, che ne pensa?"

Viene avanti una donnetta con le buste della spesa e due porri sul naso:

"Io ho 60 anni e quattromila euri da parte. Basterebbero per fare qualcosa pure a me?"

"Lasci che la visiti, signora... ma sì! Torna come nuova. Intanto via questi due porretti, e poi..."

Un'altra:

"Pure io ho un problemino! Mi dà un'occhiata pure a me?"

"Anch'io!"

"Anch'io!"

"Anch'io!"

"Ehi, c'ero prima io!"

Mentre Delia è nel gorgo delle casalinghe vogliose di prodigi, riaffiora il viso di Carlo, subito sommerso dalla folla.

Il ragazzo imbrillantinato la prende per mano, spariscono in un vicolo. È proprio Dudù. Non le dice cosa vuole, ma in sogno si sa tutto.

Delia crede che occorra una lunga cerimonia per ricondurla al sesso. E invece...

Il risveglio

Delia si sveglia.

L'ipocrisia diurna la riafferra.

È disgustata.

Quel birbone dell'inconscio si è divertito alle sue spalle.

Ma il conscio si affretta a rassicurarla, leccaculo come sempre:

"LEI, quella? Ma via! Lei, così delicata, che ama solo l'implicito, che sa 11 poesie di Emily Dickinson a memoria?»

Però un rimpianto le rimane: svegliarsi povera. Quei risparmi sembravano veri.»

Driiing!

Il campanello.

Scende. Nella sua vestaglia da Pelle d'Asino nessuno riconoscerebbe la donna in rosso.

È Dudù. Delia ha un moto ostile. La cosa che più l'ha offesa nel sogno sono le confidenze scambiate col tipo equivoco che pareva lui. È brusca.

Lo lascia in strada, apre il cancello senza invitarlo a entrare.

«Oggi è domenica, che vuoi?»

"Darle una notizia, che oserei chiamare piacevole. Ma se la disturbo..."

«Avanti.»

"Si ricorda quella piccola somma che le chiesi il permesso di investire in azioni?"

«No.»

"Via, Delia, è presto per l'Alzheimer! Faccia uno sforzo."

Per levarselo di torno, Delia finge di ricordarsi.

«Ah, sì. Allora?»

"Hanno fruttato. Ora lei possiede 250.000 euro."

50.000 più che nel sogno. Potenza dei misteri notturni, quando la ragione si cheta, e lascia campo al mirabile – che sia una burla? Ma certo. Fa la scettica.

«E che è, l'albero degli zecchini come in Pinocchio?»

"Sì, il gioco in borsa è così. Ma io sono una Volpe e il Gatto onesto. Per amore di aritmetica più che di virtù."

«Ma... è vero? Guarda che sarebbe uno scherzo molto, ma molto cretino.»

"Ecco la ricevuta della banca. Mi sono permesso di depositarli sul suo conto."

«Di domenica?»

"Conosco il direttore. È amico di zia Lina."

La vista del veridico foglietto ha su Delia un effetto allucinogeno. Il negozio è salvo. E potrà anche viaggiare, magari col professore...

Già perché mentre le dà la notizia con gli occhi stellanti nel vederla felice, Dudù non sa che la sua politica di liberazione gli si sta rivolgendo contro, e che sarebbe lui la prima vittima.

Non sa che Delia già sente il cigolìo del battello sulla Loira dove viaggia col Professore, e lo stridìo del martin pescatore e la fragranza di croco e lavanda dai prati che fuggono intorno.

Delia di slancio bacia Dudù (sulla guancia), lo prende alla vita, sul marciapiede fanno un balletto. Così li vede Crista, l'Invidiosa, che passa in quel momento – talmente presi dalla contentezza che non si accorgono di lei. L'Invidiosa biascica maledizioni in rima, imparate dalla nonna marchigiana. Potenti.

Invisibili le maledizioni passano sopra i due ballerini, come l'ombra del falco sulla pecora ignorante.

Confidenze di merceria

La vittoria della moglie

Si è conclusa la storia di Zerlina, l'amante del divo radiofonico, sposato con l'astuta Corallina. Arriva smagrita, gli occhi a mezz'asta.

«Sua moglie ce l'ha fatta a farci litigare sul serio! Ti ricordi Delia, già non ne potevo più delle sue intromissioni, ma ha passato il segno: si è permessa di mandarmi della biancheria sexy... fra l'altro comprata da voi, traditori. Ho perso la testa. Le ho fatto una piazzata al telefono, le ho detto sul muso "Ma lei si vuole praticamente infilare nel nostro letto!"»

«E lui?»

«Furibondo. CON ME! Dice che ho reagito in modo ignobile alle sue gentilezze.

«Di colpo ho capito quanto sono sposati gli sposati... ed è stato LUI a lasciarmi, perché non ero abbastanza delicata con quella santa!»

«E adesso la santa se l'è ripreso?»

Zerlina accenna un sì affranto: «Ma al solito modo: c'è già un'altra. Per stare in due, loro devono essere in tre. Ma questa, gliel'ha scelta direttamente la moglie».

L'assoluto meno un pezzo

Gianna. «Mi diceva: "ti voglio bene", e giù schiaffi. Mi diceva: "Ti rispetto", e mi sputava in faccia. Ma sulla fedeltà l'ha messa giù dura: "Se mi tradisci, ti ammazzo. La fedeltà fra noi dev'essere totale. Non esiste l'assoluto meno un pezzo".

«E invece mi ha attaccato le piattole. Animale a me finora sconosciuto, che credevo debellato dall'igiene moderna, e che si prende solo per contatto carnale. Tante chiacchiere sull'assoluto... non credevo si finisse a spidocchiarsi.

„Quando mi viene voglia di chiamarlo, me la faccio passare rivedendolo col rasoio in mano che si depila, e fa la commedia dell'innocenza.

«Chissà come farà adesso, che non ha più me per sfogarsi a suon di cazzotti, la sera, quando torna e ne ha mandate giù tante sul lavoro. Gli mancherò?»

«Sì. L'aguzzino fra i drogati è il più dipendente. Quando la vittima gli scappa conosce momenti da attore struccato, livido specchio, camerino, dopo il meritato fiasco. Come si intenerisce allora verso l'oggetto abituale delle torture, come vorrebbe

«Mi diceva "ti voglio bene", e giù schiaffi.»

rifugiarsi fra le sue braccia, di colpo affettuoso, piangente, buono, rassicurato dalla pelle calda, nella quale di colpo affondare le unghie fino al sangue.»

Un uomo grasso

Si è sparsa la voce, e adesso a confidarsi in merceria viene anche qualche maschio. Oggi arriva Emanuele, il rotondo idraulico del quartiere.

Piano, a Delia: «Ho difficoltà con le donne perché peso 100 chili. Sono innamorato. Lei è magra, bella, elegante. Mi dica la verità Delia, non cerchi di consolarmi: può una donna amare un uomo grasso?».

«Una donna può amare chiunque. Sono stata grassa, prima che qualcuno mi amasse (perché qualcuno mi amò). E mi ricordo negli orrendi pomeriggi, quando quello che mi piaceva usciva con un'altra, il ristoro essenziale delle paste alla crema – ricordo che senza, forse, sarei morta. Mi salvò il corpo che è sempre il più sapiente, e sa cosa serve per sopravvivere.»

11
I dolori del giovane Mao

Calcoli

Al mattino Mao ha un solo pensiero: come farsi perdonare da Clelia della telefonata notturna. Quando, l'evento: è LEI a chiamarlo – e *si scusa* per essere stata brutale. È fiorito l'amore? No, il calcolo. Pensando al film su Werther le è venuto un attacco di ambizione. Pensa solo che sarà la protagonista e lo tratta da regista, cioè lo alliscia. Poi però viene la parte brutta: lo inchioda con domande precise (date di lavorazione, contratto...). Per risponderle, Mao deve dar fondo a tutto il suo ingegno di bugiardo.

Una stanza tutta per sé

La madre è già in piedi. Ora o mai più.

Mao si prepara a vederla lamentosa come durante la notte, e studia allo specchio la faccia adatta, più drammatica della sua: sarà una guerra di musi.

Ma quando entra nella grande cucina ombreggiata dal cedro del giardino, trova la madre allegra, con un quaderno in mano.

Può un sogno cambiare una donna? Sì. Specie se al risveglio trova un tesoro.

Adesso che ci sono i soldi, quel sogno non le sembra più così sconveniente.

Conscio e inconscio si sono messi d'accordo: è stufa.

Vuole fare un colpo di testa, scrollarsi via tutti i doveri.

Si rivolge al figlio. Per quanto cerchi di fare l'ipocrita ci va come un carro armato.

«Ho fatto i conti… non è impossibile.»

«Cosa?»

«Cambiare vita, finché sono in tempo. Ho dei progetti, per ora vaghi, e ne voglio parlare con te, decidere insieme. Sono stanca, Mao… di vivere qua dentro. Sogno una stanza tutta per me.»

Mao, senza afferrare la citazione:

«Ah e questo sarebbe decidere insieme! E io? E i tuoi sensi di colpa per avermi trascurato e maleducato? Tutto finito?»

«Finito no, ma si affievoliscono. Pensavo… di andare a stare da sola. E tu, se vuoi, puoi restare coi nonni…»

«Cosa? No che non voglio! Prima mi ha lasciato papà, ora tu?»

«Ma hai ventiquattro anni…»

«E quando ti sei accorta di me ne avevo sedici. Quindi per te è come se avessi un figlio di otto. Mi hai voluto bene solo quando sono diventato bello. Così lasci soli i nonni, eh? Senza di te si scanneranno!»

«Pazienza. Gli pagherò due, tre badanti… (Non senza malignità) e se non bastano, tuo padre li porterà con sé in Argentina.»

«Rinsavisci, mamma. Come fai coi soldi?»

«Be', ho qualche economia…»

«Tu… avevi dei risparmi? Gattamorta! Quanto?»

«250.000.»

«E facevi sempre la povera... Sei di una doppiezza... e poi sono io il bugiardo.»

«Ma non lo sapevo!»

«Ah, non sapevi di avere mezzo miliardo? Sei stata capace di lesinare sul cellulare con la TV... e avevi un patrimonio! Ma che madre sei? E adesso come faccio? Tronco gli studi? Vado sugli alberi, scippo, delinquo?»

«No, che dici! Ti do un assegno mensile. Certo, modesto. Ti farai meno canne.»

«Grazie non voglio niente. Vado a fare l'operaio. Io, un regista!»

«Cos'è questa novità?»

«Già, per una madre distratta come te, è una novità. Da anni preparo una sceneggiatura sul giovane Werther... Non te ne sei mai accorta, eh? Io sono un artista. Come papà.»

Delia, fiammeggiante:

«Eh no eh! Di artisti come tuo padre ne nasce uno ogni cento anni! Tuo padre è l'unico cerchiettista vivente!»

(Ce l'ha con lui, ma sull'arte non si scherza.)

«Ti offro una grande occasione. Vuoi produrre il mio film? Se non per amore, per guadagno. Se accetti... Diventiamo ricchi, mamma.»

«Sono già ricca. E non voglio rischiare un soldo. E se per la prima volta ti dico di no, è anche per il tuo bene.»

Mao afferra una rivista e legge un responso di Nonna Oca:

La mamma. Disposta a strapparci il cuore e a mangiarselo pur di fare "il nostro bene", ovvero esercitare il suo potere, scegliere per noi. La mamma, che approfitta di un caso della natura, per arraffare una creatura e farne ciò che vuole.

E senti, senti qua:

Madre italiana, la più spietata. Il suo amore si muove fra due modesti poli: mi ha dato un dispiacere, mi ha dato una soddisfazione. Un figlio non serve per dare "tante soddisfazioni". La soddisfazione i genitori se la prendono già quando li mettono al mondo, erigendo un monumento a se stessi.

Delia traballa. Non è più sicura di essere nel giusto. Arriva un lontano suono di pianoforte, ne approfitta per una tregua:

«Come suonano bene… Sono Agata e Angela.»

«No, è la radio del nonno.»

«Strano. Da qualche giorno non viene più musica da casa loro.»

Il ritorno del Colonnello

Dudù è solo in negozio. Entra Agata, sola. Agata senza Angela è un controsenso. Come un'aquila senza sguardo un cane senza coda.

Anche i loro nomi non si pronunciano mai da soli, sempre Angela Agata, Agata Angela.

Dudù, a gesti:

"Cos'è? Avete litigato?"

Entrambe hanno imparato la lingua dei sordomuti per conversare con lui. (Lo amano.)

«No. Una disgrazia.»

"È malata?"

«Peggio. Il solito scherzo del destino, che si diverte lui solo.»

Agata racconta qualcosa che fa spalancare gli occhi a Dudù come cosmiche padelle.

Stavano così bene… ma anche su di loro si è abbattuto un marito: all'improvviso, è tornato il Colonnello. Da una settimana abita a casa loro.

"Nooo! Ha avuto la faccia di ripresentarsi, dopo che gli avevi dato 180 milioni per acconsentire al divorzio?"

«Li ha finiti. Non ha un soldo. Manco la pensione, impegnata col Casinò.»

"Ma perché lo avete fatto entrare?"

«È malato. Ha poco da vivere, è condannato, e vuole morire fra le braccia della moglie. È molto nervoso. Il gatto bontà sua lo tollera, ma i cani non li sopporta. Chiede di mandarli via almeno finché c'è lui... Ma è chiaro che parla di me. Anche la musica lo disturba. Ce l'ha proibita. In pochi giorni ci ha rovinato la vita, sballato gli orari, raso al suolo le abitudini, dobbiamo sorvegliare le tenerezze... casa nostra è diventata silenziosa, nemmeno i cani abbaiano più.»

"Poveretto, se è moribondo..."

«Moribondo ma figlio di puttana come non mai. Colpevolizza Angela a tutta birra, dice che gli è venuto un brutto male perché lei s'è messa con me.»

"Anche per lui non dev'essere facile."

«Facilissimo. Dà ordini come in caserma, ha militarizzato anche il gatto. S'è piazzato lì e fa finta di non capire quanto sia inopportuno fra noi. Ma lo sa, lo sa... E non c'è più modo di darsi un bacio!»

"E Angela?"

«Si fa ricattare. Non lo contrasta mai. Ha paura dell'inferno. Più inferno di così... Io per lei ho lasciato tutto. Ma non mi può chiedere questo, questo no... no, non è giusto...»

Dudù le regala un fazzoletto di pelle d'uovo degno di Huysmans per asciugarsi le lacrime – ma anche lui ne avrebbe bisogno.

Nelle parole di Agata, tutti i suoi timori prendono forma. Appena lei va via Dudù chiude il negozio e fila da Delia per darle la notizia. Lascia sulla porta il cartello TORNO SUBITO, anche se ne dubita. Vede tutta la gravità del fatto, nella sua portata singola ed epocale.

Quelli tornano! La marcia indietro è inarrestabile.

Anche chi se n'è andato nel modo più imperdonabile torna, con pietosa faccia tosta, o con la contrizione che dissimula l'orgoglio dei passati delitti. Il ritorno dei mariti evoca qualche immagine eroica di cavalieri immateriali che avanzano nella notte – e invece no, è un ritorno alla spicciolata, con identità e abiti di fortuna, come dopo una rotta.

I mariti tornano tutti prima o poi dalla moglie, come se fosse una madre. Colei che deve occuparsi di loro per sempre – come un diritto non scritto eppure indiscutibile – e il bello è che quelle se li riprendono!

I mariti tornano coi loro fallimenti e le loro arroganze, peggiorati dal tempo, come grossi figli torvi e attempati – o a volte (di rado) con un fascino immutato, che trasforma la ex moglie nella felice schiava di una canaglia.

Gli irresoluti hanno questo di brutto, che poi tornano. Sempre più irresoluti. E fanno soffrire a lungo, a lungo.

Mentre galoppa verso casa di Delia Dudù è in trance fa paura i capelli dritti gli occhi trasparenti come nei film dell'orrore, ed è veggente più che mai.

Delia è in pericolo. Lo sa.

Il prossimo a tornare sarà il suo. Deve scappare, subito, prima di rivederlo o sarà perduta.

La conosce, lui. Al primo sguardo tornerà in suo potere, e si giocherà la vita un'altra volta, senza ritorno... Dudù vede al ralenti tutti i dettagli della resa di Delia – anche lei diventerà una semi-moglie, una semivedova, peggio di adesso...

Una guerra di opposti egoismi

Madre e figlio stanno sempre discutendo in cucina. Per convincerla Mao si inventa un film così bello che a poco a poco si scorda pure dei soldi. Dalla sua cinica crosta di addicted alla Playstation, di telefonatore per ozio, di fumatore perché è l'unica cosa che sa fare, come un germoglio dal cemento erompe un altro Mao, fresco e zampillante, amico della bellezza, capace di slancio.

Attraverso le sue parole Werther e Carlotta sembra di averli lì, nella grande cucina, seduti al tavolo, con la loro leggiadrìa di ragazzi, le scarpe a fibbia e l'ignoranza dell'amore…

Attratto dalla fiaba, a loro si è aggiunto il nonno. Ascolta come un treenne, ma perde parecchie parole, distratto dalla bellezza del nipote. Che occhi! Che profilo. Anche se non arriva a suo padre. Bello come Carlo non ha mai visto nessuno. Peccato che sia sparito. Chissà com'è, adesso? Dio non voglia si sia sciupato. Gli prende una insopportabile nostalgia estetica. Quasi quasi gli manda un telegramma dicendo che è in fin di vita, hai visto mai che torna…

Nella guerra di opposti egoismi in corso fra madre e figlio, quello della madre comincia a cedere. All'ammirazione. All'affetto. All'orgoglio. Un figlio regista. Lo vede felice e famoso. Suo figlio, il suo rimorso. La sua traccia su questo mondo.

Non è vero che lo ha amato solo da bello. Lo amava con strazio anche quando pesava 110 chili. Certo non se ne occupava. Allora è vero, non lo amava.

Lo ha sacrificato a suo padre. Vede davanti agli occhi come le tavole fiammeggianti sul Sinai le parole di Nonna Oca:

Quando ci si deve occupare di uomini-figli, chi ci rimette sono i bambini veri. Più deboli dei maschi cresciuti, non hanno armi di seduzione così potenti.

I bambini non sono mariti infedeli, non sono pittori disastrati.

Stanno lì e aspettano. Che si trovi un ritaglio di tempo, o di rimorso. Se non hanno imparato da noi a mangiarci vivi.

Ha trattato sempre suo figlio come un marziano. Quando era piccolo sentiva la sua presenza dietro le porte, e ogni giorno si diceva: "Lo amerò domani".

Come ho potuto io, generosa col primo che passa, trascurare mio figlio? Abbandonarlo a baby-sitter stizzose, in una solitudine inumana? Non sono mai andata a parlare con le maestre facendo di lui un isolato, un guardato con sospetto, cosicché gli altri bambini non venivano a trovarlo né lo invitavano, e so che non c'è trafittura più a punta nel cuore di un bambino. Anch'io, da piccola, sono stata un'esclusa.

E lui nonostante tutto, sta trovando la sua strada... e lei sta aggrappata alla borsa, che difende come da un nemico?

Solo un'ora fa ho pensato di andarmene come un'adolescente che scappa di casa e lasciarlo qui, coi nonni... Non sono cambiata da quando era piccolo. Lui è cresciuto, ma io sono rimasta un mostro.

Quell'idea del Werther poi è bellissima.

«Quanto ci vuole per montare il film?»

«50.000.»

«Va bene. Però ti ci devi mettere sul serio. Perdonami ti prego quello che ho detto prima. Non andrei mai via di qui senza di te. Avevo fatto un sogno... ero invasata.»

E intanto Dudù corre, corre… che corre a fare. Il Fato con la sua manina melliflua e curata di baro n. 1, di signore delle carte sta per annientare i suoi sforzi.

Dal giardino si ode un fischio cadenzato.

Il nonno e Delia alzano la testa, ammaliati, come i topi e i fanciulli della città di Hammelin, al suono del pifferaio che li perderà.

Delia: «Ma… no, non è possibile…».

Nonno: «No, non ci credo…».

Si precipitano fuori insieme.

12

Il ritorno del marito

Il cerchiettista

Al cancello c'è Lui. Il figlio di Alvaro, il padre di Mao, il marito di Delia: Carlo.

Sui 50 anzi 40, poiché si cala gli anni anche con se stesso. Ricci d'argento numerosi, perfetti, come un angelo di pietra. Sopracciglia nere, elegantissimo. L'uomo più bello del suo tempo. Almeno per suo padre, e per Delia.

Trattiene le lacrime.

Il nonno gli si getta in braccio. Delia scende piano piano, dissimulando il rischio d'infarto e l'incertezza: stringerlo? Fare l'offesa?

Amore e rancore lottano, un cazzotto immateriale sbalza l'immagine del professore quale un pupazzo di stracci.[1] Co-

[1] Di lui non sentiremo parlare più. Il professore continuerà ancora per un po' ad appostarsi con la sua bici per vedere passare Delia, sempre più pigramente, finché lascerà perdere, col sollievo del solitario. Non abbiamo seminato un infelice: anzi il marittimo si chiede con spavento come abbia potuto fidarsi di lei – una donna! – quando per esperienza di navigatore sa che le donne a bordo portano sfortuna. Non gli mancherà. C'è qualcun altro capace di ascoltare le sue storie di vittima del F.F. (Fascismo Femminista), qualcuno che sgrana gli occhietti ogni volta che racconta, e non si stanca – qualcuno che non lo tradirà, né mai ne parlerà con alcuno: un pettirosso col ciuffo che ha chiamato Corto Maltese, il suo unico confidente, il suo focolare, la sua nazione, la sua vita.

me l'onnisciente Dudù sospettava, ogni sua particella è già e tutta del ritornato.

Carlo la guarda, drammatico. Esclama:
«Nadia! La mia Nadia!»
E la abbraccia, singhiozzando.
Delia, speranzosa:
«È morta?»
«Magari. M'ha lasciato! Dopo dieci anni… Mi ha buttato fuori, perché occupavo troppo spazio.»

QUALCHE NOTIZIA SULL'EX MARITO DI DELIA. *Carlo Bottoni è un πartista concettuale, dipinge solo cerchietti. Gli ridevano tutti dietro, meno Delia, entusiasta della sua arte. Anni di spavalda povertà, di fame intermittente. Carlo chiamava le privazioni "ornamenti per la biografia". Finché un giorno fu scoperto dal famoso critico Juanito Triglia, mago del mercato dell'arte, che lo lanciò con grande strepito. Vernissages, brindisi, intrighi, invidie, flash, fotografi.*

E alle pareti i suoi quadri. Tutti uguali, ma molto grandi. Meno idee aveva più cresceva il formato, come gli aveva detto Juanito: «La cosa più importante per un artista, è occupare spazio. Se la Sistina fosse piccola non la guarderebbe nessuno».

Juanito inventò la parola "Cerchiettismo" per definire il suo stile, e gli fece fare il giro del mondo. Per qualche tempo i cerchietti di Carlo furono quotatissimi. Nacque una scuola, ma nessuno uguagliò il maestro. Anche perché i suoi seguaci non erano cerchiettisti puri, ogni tanto tralignavano cedendo all'impulso di dipingere un tramonto, una sedia, un rettangolo, una mucca. Carlo, mai.

La sua vita divenne un cinegiornale color seppia: torre Eiffel, Manhattan, Pan di Zucchero, e in sovraimpressione rotative di giornali, titoli sul cerchiettismo, manifesti inneggianti all'artista, mentre dall'alto cadeva una pioggia di banconote.

Fu allora che Delia gli parve poco, e diventò l'amante della bella Nadia, regina di un salotto trendissimo dove l'opera di Carlo veniva definita "un punto di non ritorno", come il quadrato di Malevic e l'O di Giotto.

Ma poi d'un tratto tutto sparì ed egli si ritrovò solo, al centro di una sala con le pareti coperte dai suoi quadri sempre più grandi, che nessuno voleva più.

Juanito Triglia lo aveva lasciato cadere da un giorno all'altro, e non gli rispose più al telefono.

Dopo il successo illusorio Carlo non voleva più perdere, e barava anche a Monopoli. Mao se lo ricorda mentre gioca, e dalla manica spuntano le banconote del Monopoli finte.

Da quando il cerchiettismo non andava più di moda anche la Nadia si era fatta meno affettuosa. Anzi freddina. Per farsi bello con lei e farla vedere a Juanito Triglia, Carlo cercò di rilanciarsi scialacquando il patrimonio della sua innamorata più fanatica, la ricca nonna paterna, Angelica, madre di Alvaro, donna avarissima che non aveva mai dato un soldo neanche al figlio. Ma a lui si offrì come mecenate.

Carlo la prese in parola. Diede fondo ai suoi beni, la lasciò nuda. Ma spensieratamente, senza volgarità, senza calcolo, come una farfalla, leggero, leggero... Ville, boschi, appartamenti, caddero gli uni sugli altri come a Monopoli.

A lui non importava niente dei soldi ma alla nonna sì, e c'è morta.

Prima della fine nonna Angelica lasciò con un legato dal notaio la sua ultima eredità al nipote: le sue pantofole sdrucite, il segno della sua povertà. Dove le avrà messe, Carlo, quelle pantofole? E chi lo sa. È così distratto.

Al funerale pioveva. Delia piangeva. Voleva bene a quella vecchia dissennata. Avevano in comune l'amore cieco per l'artista, e per l'uomo. Sulla tomba, il prete faceva il suo discorso. Carlo con la punta dell'ombrello, sul terriccio, disegnava cerchietti.

Non riuscì a tornare sulle prime pagine e nemmeno nelle seconde, ma si era ripreso la Nadia, regalandole coi soldi della nonna una casa a Londra e una a Vienna, in due quartieri che più in non si può.

Di Nadia lo sapevano tutti, in giro Carlo ci portava lei sola. Elvira la conosceva, e ci faceva pure i festini fuori porta di nascosto della nuora.

Solo Delia non lo sapeva.

Più che un marito Carlo era un idolo. Lo adorava a testa bassa, e ciò le impediva di vedere la sua espressione annoiata – a volte sdegnata – di averla per moglie.

Quando le disse che la lasciava per Nadia e cambiava continente, lei abbassò ancora di più la testa, come una campanula.

Chiese:

«Ma perché l'Argentina?»

«Perché è l'unico posto dove si vendono ancora i miei quadri.»

Giusto l'indispensabile

Ora Carlo è lì. Come per un incantamento Delia è tornata alla timidezza sacrificale di allora. Non più donna: moglie. Chissà cosa sente veramente, ma la forma la cattura, le butta addosso una rete da uccellatore di sottomissioni profonde – davanti a lui può essere solo quella. E gli dice, quasi non osando chiederlo:

«Resti qui per un po'?»

Lui, corrucciato:

«Solo per qualche giorno. Ho le mie cose in macchina. Giusto l'indispensabile.»

È sceso anche Mao. Vede il padre, dopo dieci anni. Cerca il suo sguardo, ma non riesce ad incontrarlo. Mentre si abbracciano Carlo lo palpa:

«Hai sei chili di troppo. Io alla tua età ero un giunco. Vero Delia?»

Dal giardino alla scala sfilano i bagagli di Carlo, portati da Mao Delia Flor e dal nonno, carico di enormi quadri che non passano dalle porte e si è costretti a lasciarli fuori. Carlo dirige le operazioni. Sorge un dilemma: bisognerà allargare le porte per far passare i quadri, o è il caso di costruire un capanno in giardino? – Ma il cedro… ma i fiori… – L'arte è più importante.

La nonna stila l'inventario, tante volte Flor facesse sparire qualcosa. Scrive sul taccuino in bella calligrafia:

Serie completa (6 pezzi) di valigie Gucci vintage stagione P/E 63 con inserti in coccodrillo e pitone.

BAULE 1 (70 x 70)

Serie completa lozione sapone olii bagno schiuma Vanilla Khiels NY.

Rasoio in Titanio, Pennello in pelo di tasso norcino (non presente il sapone da barba: strumenti, in realtà, mai usati).

BAULE 2 (90 x 120)

12 paia babbucce Prada Sport nere (modello della stagione di lancio 1997). Tutte uguali.

BAULE 3 (120 x 150)

Misterioso numero di mocassini con stringhe bianche di Repetto per Yoji Yamamoto (per essere Gainsbourg). Scarpe bicolore da golf modello Tiger Woods edizione Selleria Fendi

BAULE 4 (150 x 180)

Serie completa (24 pz) completi in lana cotta, intrecciata, rasata e pettinata fantasia tartan nei colori verde, giallo, rosso, bianco Yoji Yamamoto Homme. Da usare anche combinati-spezzati (per esempio: giallo con verde)

BAULE 5 (150 x 180, FANTASIA G ROVESCIATE IN PITONE)
Abiti linea sleek 'n slim fit (24 pz) neri in lana di:
Dior Homme par Hedi Slimane (8 pz)
Nicolas Guesquierre pour Balenciaga (8 pz)
Victor & Rolf (4 pz)
Xavier Delcourt (1 pz)
Sartoria Caraceni, Napoli, che eccezionalmente ha copiato per lui il modello Dior Homme par Hedi Slimane (3 pz)

BAULE 6 (200 x 200)
Letto Tatami Futon 10 corso Como Milano imbottito in pelo di barba di capra tibetana ripiegabile. Coperta in cammello e cachemere Hermés Paris.

Tra i bauli Gucci una misteriosa scatola da dolci in latta pasticceria Fauchon 1939 (ultima edizione prima della guerra).

Mai visto il contenuto. Qualcuno sospetta che contenga le sue feci. Ispirazione avuta in celebre Biennale d'arte 1971 in momento di delirio autoesaltato.

Qualcun altro, al contrario, sostiene contenga fragranza unica realizzata da Frederic Malle dalla sintesi dei residui corporei del nostro.

Ultime opere, per un totale di mq 712.

Tutto questo nella loro casa senza armadi: Carlo si era opposto a quelle *casseforti della meschinità. L'armadio è l'anticamera della tomba! Gli abiti vanno lasciati liberi, come gli uomini.* Dopo la sua partenza Delia fu tentata dalla comodità del turpe oggetto borghese. Qualche armadio le avrebbe semplificato la vita parecchio. Ma rinunciò, in ricordo di quando erano due giovani originali.

Con soddisfazione di Figliol Prodigo Carlo osserva gli abitanti della casa correre qua e là come gechi stanati, per accoglierlo. In pochi minuti sorge un banchetto. Sulla tavola appare un pranzo esagerato, e addobbi di fiori e foglie, bicchieri di cristallo fulgente e caraffe e argenti, quel poco che si salvò dal patrimonio affondato della bisnonna.

Arriva anche zio Leo. Vede il fratello al centro della festa. Fa l'occhio da sorellastra.

Si mettono a tavola, Delia e Flor servono.

Il nonno non mangia. Si sazia della bellezza del figlio. Lo guarda come il dotto Winckelmann guarderebbe l'Apollo del Belvedere fatto uomo.

Gli fa mille domande su Buenos Aires, Carlo fa il vago. Allude ai successi argentini, ma con negligenza. Il nonno:

«E l'Italia? Come ti sembra dopo 10 anni?»

«Non lo so, sono appena arrivato. Perché, che è successo?»

Zio Leo, con entusiasmo:

«È diventato un grande paese. Non fosse per certi che ci vengono a rubare il lavoro...»

E guarda minaccioso Flor.

Flor: «Perché, fa la colf, lei?».

Solo il nonno ride.

Zio Leo fa finta di non avere sentito:

«È diventato un paese per i ricchi. Chi ha i soldi può fare tutto. Basta che paga. Stiamo tornando ai privilegi prerivoluzionari, quando se travolgevi un pezzente con la carrozza era colpa sua. Era ora.»

Carlo, perplesso:

«Ma tu perché sei così contento? Sei ricco?»

«No, ma lo sarei se tu non avessi sputtanato l'eredità di

nonna Angelica. Tuo padre stravede per te e non ti ha mai rimproverato. Ma io ci rosico, e ci rosicherò sempre.»

Delia e il nonno, a una voce:

«Leo! Ma ti pare il caso?»

«Sì che mi pare. Questo in dieci anni ha fatto due telefonate, e gli state tutti intorno...»

Carlo prende un'aria profonda:

«Come faccio a spiegarvi... a voi, che vivete come i sorci, sempre chiusi qua dentro... la lontananza come esperienza assoluta? Oggi, fra internet e telefono è inutile partire. Ma io sono andato nelle Americhe come un viaggiatore del secolo scorso. Non immaginate quanta forza d'animo mi ci sia voluta, per non attaccarmi al telefono come avrebbe fatto chiunque, profanando la sacralità dell'assenza – per non cedere alla tentazione di parlare col mio caro padre, col mio figlio adorato. Ma so che loro hanno sentito il mio amore più forte nel silenzio.»

Mao: «Io non ho sentito niente».

Colpa tua

Il nonno si alza a fare un brindisi. Le rime vengono da sole, su Carlo bambino, poi giovinetto, sul bacio precoce del genio, le sue parole volano.

Fu un grande rimatore di matrimoni Alvaro nell'alta valle del Tevere, e la sua verve si riaccende, adulatrice, e acuta...

Durante il madrigale, un passetto leggero per le scale. Stella sgattaiola accanto a Mao. Gli dice, piano:

«Che ci facevi al parco con quella?»

«Ma se non la vedo da un anno!»

«Ahhh, ti sei fregato! Come fai a sapere di chi parlo? Ti do un secondo per dire la verità, o io...»

«Ti giuro su...»

Stella non gli lascia finire il giuramento. Sbatte sul tavolo i due libretti universitari. E svela la frode di Mao.

Per Carlo, una manna: che occasione insperata di ridiventare subito padre!

È la statua della dignità offesa:

«TU... non hai dato manco UN esame?»

«Non è vero! Se l'è inventato lei! È gelosa, mi vuole rovinare... Il libretto vero è quello coi voti... Giuro su mia madre!»

Delia gli dà uno schiaffo. Non l'ha mai fatto prima. Mao si tiene la mano sulla faccia, come custodendo una cosa preziosa, e con sincera gratitudine:

«Mamma! È la prima volta! Grazie! Credevo che non sarebbe successo mai! Adesso posso dire pure io che mamma m'ha menato!»

Carlo: «Ah ci fai pure lo spiritoso? Ma io ti mando in collegio, ti mando! Anzi, a San Patrignano!».

Delia: «Te lo do io il film!».

Stella: «Che film?».

Mao: « Il MIO film. Giuda. E io che ti volevo offrire la parte principale. Ma ormai hai rovinato tutto».

Finimondo in casa Bottoni. Padre e madre fanno a chi è più accanito, la malefatta del figlio colma il vertiginoso vuoto di un'estraneità lunga dieci anni, finalmente una scusa per riprendere confidenza. Tanto che si accusano pure fra di loro.

Il padre: «E tu, che madre sei? Come hai fatto a non accorgertene? Povero figlio mio, in che mani l'ho lasciato!».

Delia si ribella, e qui comincia.

Colpa tua

Colpa tua

Colpa tua colpatuua colpatuaa colpatua colpatua colpatua

COLPA TUA

La sinfonia che distingue i coniugi anche ex, l'eterno processo nel quale svanisce ogni evento. Per i brucianti secondi in cui si sputano in faccia le colpe, Mao non esiste. Causa di ciò, e una volta di più dimenticato.

Poi, facile come un passo di danza come una nuvola che cambi forma, si coalizzano di nuovo contro il figlio.

Il padre minacciava il collegio militare, la madre di mandarlo a lavorare, ma poi si scordarono di lui: Carlo occupava tutta la scena, e nemmeno il crimine riusciva a fare di Mao il protagonista.

Delia e il nonno, apprensivi come balie, cercano di capire se il pranzo gli piace davvero.

Carlo mastica: «Buono. Però da domani voglio la bistecca».

Delia: «Non sei più vegetariano?».

Carlo: «In Argentina mangiavo solo carne. Tu, sempre alimentazione sana, e sembri mia madre. Io sono vissuto di stravizi, e sembro un ragazzo».

Nonno: «Ah, sì! Sei bello come 10 anni fa. Coi capelli bianchi, anche meglio».

Delia non resiste ad affondare le dita in quel mirifico tesoro di ricci e argento che splende più dei cristalli, vorrebbe scompigliarli.

Lui si sottrae di scatto:

«No i capelli no eh! Non si toccano, se no cadono. Siete tutti pelati... io sono l'unico che ce li ha ancora perché non me li sono mai fatti toccare. Da nessuno.»

In quel momento arriva Dudù. Vede che il peggio è già successo. Vede il marito.

Vede Delia. È contento di essere muto. Rifiuta il bicchiere che gli porgono.

Delia lava i piatti. Dudù la guarda. Delia, continuando a rassettare:

«Perché mi guardi con rimprovero? Cosa pensi?»

"Che lei è una banderuola."

«L'ho accolto bene sì, e allora? Che ne sai tu? Non si nega a un bambino di prenderlo in braccio se piange, ma a un uomo sì. Che disgrazia! C'è un proverbio: "La donna nasce madre, il maschio figlio".»

"Bel proverbio. Si è già scordata le umiliazioni? E di come ha abbandonato suo figlio?»

«Che ci vuoi fare. Io sono rimasta come a cinque anni, quando litigavo con papà e gli dicevo non ti parlerò mai più! Poi lui col dito mi faceva segno "vieni qui", e io allora gli volavo in braccio, e tutti a dire ma come, avevi detto... E io: "Ma lui mi chiama".»

"È venuto perché è a pezzi, ma appena si rimetterà se ne andrà di nuovo. E lei sarà stata ancora una volta il suo trampolino."

«Come sei fiscale, Dudù.»

Dudù si guarda tristemente i piedi, come guardando il morto e ondeggiante volto di Delia in fondo a un pozzo. Lei vede perfettamente l'immagine. Salta su:

«Ma tu che vuoi? Che c'entri?»

"Mi dispiace vederla così."

«Così, come?»

"Posso osare un'espressione brutale?"

«Ne hai osate tante... e, com'è che ti dispiace vedermi?»

"In ginocchio davanti al cazzo."

Delia, offesa, veemente

«... di un altro, eh? Scostumato, invidioso! Vattene, sparisci!»

Quando Dudù è arrivato alla porta lo richiama.

«No, aspetta. Ti perdono. Se ascolti questa canzone capirai tutto. Qui parla un uomo, che torna dalla donna che ha abbandonato tanto tempo prima. Bussa alla sua porta, e la supplica di non mandarlo via. Carlo queste cose non le direbbe mai... ma io le sento lo stesso. È in francese, te la traduco.

Pudicamente Dudù trascura di dirle che parla quattordici lingue tra le vive e le morte.

Delia mette su un CD di Serge Reggiani – traccia 2, *L'italien*.

Sono io, sono l'italiano
Da qui sento il cane, e se non sei morta
Aprimi senza rancore!
Rientro un po' tardi, lo so
diciotto anni di ritardo, è vero
è faticoso il viaggio,
per un bambino della mia età
Aprimi, aprimi la porta
io non ne posso proprio più!
Vengo da così lontano
la strada era cattiva
E tanti anni dopo
Tanti dolori dopo
Io sogno di una sedia
Aprimi, sei lì lo so
Sono tanto stanco, sai
Non mi resta che una chance
Che tu non abbia avuto la tua chance
Ma non è più lo stesso cane,
E la luce si spegne...

Delia, con dolcezza:

«E io lo dovevo lasciare fuori della porta?»

«Non c'era bisogno di infliggermi questa pappardella. È la solita storia del Figliol Prodigo.»
«Dudù, sei senza cuore.»

Confidenze di merceria

La sconosciuta (un tradimento di Dudù)

Col ritorno del marito Delia, per fargli spazio, è occupatissima ad organizzare la casa, e manca spesso dalla merceria. Dudù è solo, quando entra una ragazza di vita sottile. Lui non ha mai avuto un ideale di bellezza fisica, ma guardandola si accorge che è quello.

La ragazza alza gli occhi verde gatto su di lui. Gli parla nel linguaggio dei sordomuti che conosce a meraviglia, con sfumature:

"È qui che date consigli d'amore?"

Dudù, con lo stesso linguaggio: "Veramente sarebbe una merceria. Poi, talvolta, conversiamo amabilmente con le clienti. Ma parli pure: apprezzo la sua conoscenza della mia lingua, ma non sono sordo. Solo muto".

La sconosciuta, a gesti: "Io invece sono sordomuta. E non sono cliente. Posso confidarmi ugualmente?".

Dudù la fa accomodare, e per la gioia di guardarla sente in sé come un pianto dirotto, come nella canzone napoletana *oggi sto tanto allero, che quasi quasi me mettesse a chiagnere, pe sta felicità*!

La ragazza racconta.

"Lui mi tortura. Un giorno mi vuole un giorno mi disprezza. Mi tradisce, mi offende... quando mi stufo mi riprende con dolcezza, e sono prove sempre più crudeli... E mi dice "Hai paura?". No! Perché nasconde il pugnale? È il suo attributo più seducente. Ho paura solo che la lama non sia abbastanza affilata, che la mano non sia ferma. Ho paura che sia solo un distratto, inabile macellaio. Saprà, almeno, di farmi soffrire così?"

"Ma sì, lui sa tutto. Come l'entomologo sa quando trapassa la farfalla viva che lei mica è contenta. Che gl'importa? Lui la vuole stecchita, eternamente bella, tributo al suo orgoglio. La vuole in una teca, e mentre col suo spillone tutto intero nel corpo agonizzi ti dirà che, peccato, non eri nemmeno la più bella. Gloria agli aguzzini, ai maldestri barbablù coi ritratti delle vittime alle pareti, gloria al maschio cattivo, incapace d'amore e versato nell'intrigo. Gloria all'amato che non ama, che uccide, stupra e infanga – e ci riporta al più benevolo degli amori, la solitudine."

"Cioè, secondo lei dovrei stare sola? Io veramente preferirei con qualcuno che mi volesse bene."

Dudù le prende la mano e gliela bacia. Alle spalle di Delia, che non saprà mai di quell'istante di grazia.

La ragazza: "La posso rivedere?".

"No, il mio cuore è già preso. E poi la deluderei: io non so far male ad una mosca."

13
Vita col padre

Poi quelle pretendono…

Carlo sta scendendo le scale.

Alvaro, in agguato, lo aspetta per ammirarlo da vicino. Appena è a tiro gli sfiora il collo dell'abito e gli sussurra:

«Victor & Rolf?»

«Sì.»

Fa un mezzo giro per farsi guardare tutto, e negli occhi del padre coglie un'ammirazione da fidanzata.

«Ci voleva un po' di classe! La tua ex moglie va in giro che mi vergogno. Tu invece, sempre impeccabile!»

«E ci vorrei rimanere! Solo che ho qualche imbarazzo economico… Alla mia ex non voglio chiedere. Lo sai com'è, poi le donne pretendono.»

«Hai ragione! Ci penso io, ci penso.»

Il nonno va in merceria, parla piano con la nuora. Dudù allunga le orecchie.

Lei passa al suocero un pacchetto di soldi. Glieli dà volentieri, per qualche pokerino di nascosto della Nonna.

Appena è uscito, Dudù scatta:

"Ma non capisce che ora glieli chiede anche per suo figlio?"

«E allora?»

Dudù non risponde. Finiti i bei discorsi di una volta. Sono distanti. Sono ostili.

Delia aborrisce in lui il testimone della sua resa, senza l'onore delle armi.

Da quando c'è Carlo, Dudù ronza attorno a casa loro come un coleottero. E una mattina coglie questa scena.

L'ex marito scende le scale vestito a festa, leggero, fragrante, i riccioli divinamente torniti.

La ex moglie le sale, con un collo di 12 bottiglie Fiuggi (Carlo beve solo quella), scarmigliata, sudata. Si guardano. Lei ha 50 anni, lui 25.

L'ex marito sorpassa la ex moglie senza imbarazzo, con un istintivo ritrarsi tante volte dovesse sfiorarlo, sciupandolo.

Dudù accorre da Delia. Come la manona buona di Jean Valjean solleva il secchio di Cosetta, le prende la cassa di bottiglie.

Occhiata gelosa di Delia a Carlo che esce dal cancello.

Occhiata gelosa di Dudù all'occhiata di Delia.

L'avventuriero della Louisiana

C'era un altro grande scontento: Mao. La vita col padre non era facile.

Ovunque era ingombro dei disordinati e lussuosi bagagli paterni. Non si poteva fare un passo senza andare a sbattere su uno scatolone, un baule, una valigia...

Attese sospese come un sogno d'oriente davanti alla porta del bagno. Carlo lo occupava giornate intere. Ne usciva infine, avvolto in un peignoir bianco da principessa, i ricci arrotolati in bigodini di Cartier. Una mattina dopo un'attesa più lunga del solito, finalmente Mao riuscì ad entrare in bagno, e si mise a urlare: su pareti finestre sanitari mobili termosifone pettini erano dipinti cerchietti di ogni dimensione.

Protestò col padre, che si offese.
«Gliel'ho trasformato in un'opera d'arte, e si lagna!»

Poi c'era lo strazio delle telefonate. Carlo non ha il cellulare (la Nadia diceva che ormai è una roba da poveracci). Quando squilla il telefono di casa il padre sibila:
«Io non ci sono *per nessuno*, hai capito?»
Mao risponde. Carlo continua a fare gesti per significare che lui non c'è, cascasse il mondo.
Mao: «No non c'è, mi dispiace».
Riattacca.
Il padre: «Chi era?».
«Juanito Triglia.»
«JUANITO TRIGLIA???? E tu hai detto che non c'ero? Sono dieci anni che aspetto la sua chiamata! Ma sei un cretino, un sabotatore! Ma lo fai apposta!»
Entra la madre, con un foulard di seta al collo. L'ex marito «Carino, quel foulard!...»
Delia sorride del complimento. E lui:
«... come mi starebbe bene!»

In giardino, Carlo e il nonno giocano a poker sotto l'unico albero superstite.
Carlo ha al collo il foulard di Delia.

Con gesto clandestino il nonno gli passa dei soldi sotto il tavolo, e gli regala anche un cellulare. Carlo, in barba allo snobismo di Nadia, lo accetta.

Il padre lo guarda, ed ecco ai suoi occhi il giardino traballa, si trasfigura, diventa un battello sul Mississippi – al posto di quell'avanzo di prato il mare, al posto del figlio Tyron Power che gioca d'azzardo in un film del 1953, *L'avventuriero della Louisiana*...

Arriva Delia con un cappello di paglia. Carlo:

«Carino quel cappello!»

Delia glielo consegna senza discutere.

False speranze

Notte. La casa dormiva. Mao rientrò tardi, muovendosi cautamente al buio, per non urtare nei bagagli del padre. Ma non trovò ostacoli. Accese la luce: era tutto sgombro. Esclamò a mezza voce:

«Se n'è andato!»

Col cuore in gola guardò nelle altre stanze – tutto libero, tutto a posto – spalancò la porta della sua camera:

«Nooo!»

Un armadio gigante a dodici ante occupava metà della stanza.

Dall'armadio uscì il padre, che stava finendo di sistemare il suo guardaroba e gli disse:

«Sarai contento, no? Adesso è tutto in ordine.»

«La mia stanza! Ti sei pappato la mia stanza!»

«Figlio mio, io non capisco nemmeno che lingua parli...»

«Un armadio grosso come un camion... non è più una stanza, è una tana!»

Il padre tirò fuori un libriccino da una giacca già appesa.

«Nutriti, selvaggio. Senti come un grande scrittore fa parlare il padre del proprio figlio:

«In guardia, Giorgio, carne della mia carne! Mia raddoppiata maledizione, mia assommata vergogna! Tu per primo vorrei che morissi nell'orda nemica dei parenti tutti, degli amici, e degli uomini...»

Mao si toccò le palle, con discrezione.

Poi afferrò il materasso e lo trascinò per le scale, accompagnato dal tonfo del grosso fardello gradino per gradino. Passò la notte in giardino. Si rifiutava di dormire in una camera espropriata.

Il padre, dalla finestra:

«E dài, mi vuoi fare la guerra? A me? Io ti ho sempre voluto bene, ti ricordi quando eri bambino?»

«Sì, mi ricordo...»

Mao rivede una scena a caso. Lui ha sette anni. Il padre, con aria spettrale:

«È ora che tu sappia. Tu non sei figlio nostro. Ti abbiamo adottato, per rattoppare un matrimonio in crisi. Purtroppo senza esito. Ora ci dobbiamo separare, e ti rimandiamo dagli orfani.»

Mao scoppia a piangere. Il padre lo osserva, finché esclama:

«Stop! Buona la prima. Smetti di piangere, non è vero.»

Gli mostrò la telecamera nascosta con cui aveva ripreso tutto.

Ridendo abbracciò il figlio, e gli spiegò che aveva partecipato al primo esperimento mondiale di arte emozionale. Un momento capitale della sua evoluzione artistica.

Cannabis

Mao in camera sua stava fumando, quando il padre spalancò la porta – dietro lo seguiva la madre, come il Griso.

Il padre: «Ma che ti fai le canne?».

Mao: «Da giovani ve le siete fatte pure voi».

Delia: «E difatti! Hai visto come ci siamo ridotti?».

Carlo: «Sì, me le sono fatte pure io! La droga è per gli intelligenti. Io fumavo e diventavo sempre più geniale.Tu sei troppo coglione, a te ti fa peggio».

Delia: «È colpa degli amici suoi. Gli ha insegnato Tony!».

Mao: «No, io ho imparato a drogarmi al Telegiornale. Lì fanno sempre una grande pubblicità. Quando scoprono un covo di spacciatori e te lo fanno vedere splendente come la grotta di Alì Babà, armi lucidate, mucchi di soldi, belle case... mica come qua, che avete letto i libri e tutto va in rovina».

Tariffe

Agata e Dudù si cercano di continuo. La comune disgrazia li ha resi inseparabili.

Insieme tessono uno sterminato *cahier de doléances* contro gli aborriti ospiti.

Agata: «Il mio (*intende il mio marito ritornato*) ha la mania di tenere TUTTE le finestre aperte. Angela è delicata, le correnti le fanno male, le è venuta una tossettina che non mi piace. È una lotta, io le chiudo lui le riapre. A un altro gli taglierei le mani, ma quello malato com'è, che gli fai...».

Dudù lascia che si sfoghi, poi comincia lui.

"Il mio la sta rovinando. Per fare bella figura con lui Delia spende e spande. Ha pure distrutto il giardino per metterci quei quadri tremendi, un treno di vita da sceicchi... Per far fronte alle spese abbiamo dovuto mettere una tariffa sul P.S.A. Adesso, per i consigli, le clienti devono pagare."

«Quanto?»

"Dieci euro a seduta, quanto dura dura, fino a un massimo di venti minuti."

«Io non la capisco Delia. Ma che ci troverà in Carlo?»

"Appaga la sua sete di impossibile. E resuscita la donnetta sottomessa degli anni '50, che si nasconde come un homunculus dentro tante donne."

Agata, con una lacrima all'angolo dell'occhio, così triste che non ce le fa a scendere:

«Da quando c'è lui, Angela non mi ha più guardato negli occhi.»

La lacrima cade sul bancone, subito raggiunta da una di Dudù che le ruzzola accanto.

Delia si illude e si addobba

Carlo è al telefono con Nadia. Delia ascolta e si rode, topo senza formaggio nell'ombra. Lei già così discreta, è diventata una spiona.

Lui si sta vantando della sua accoglienza generosa.

«Forse ho sbagliato a lasciarla...»

Delia non sente la risposta di Nadia, ma afferra il tono piccato.

È gelosa di lei: – gran segno. Visionaria com'è, le basterebbe molto meno per montarsi la testa. Se la monta – né la soccorre la scienza di consigliera d'amore: non capisce che il marito vuole solo ingelosire Nadia, e si serve di lei.

Per piacere al Ritornato, Delia fa una cosa affatto nuova: ora spende anche per sé. Parrucchiere, estetista, abiti, scarpe. Si illude e si addobba.

Com'è diversa la sua economia da quando c'è Carlo! Come cambia il rapporto con le vetrine. Prima ci passava davanti con orgogliosa sobrietà, ma ora li desidera, quei vestiti, si sente già guardata da lui con quelli addosso. Ora ci si vede dentro.

E compra.

Dudù sospira, impotente.

In negozio, quando lui non la sente, con le clienti Delia ripete ogni due minuti

«Mio marito»: con un'aria d'importanza che in confronto la signora Fini le fa un baffo.

Confidenze di merceria

Sono diventata l'amante di mio marito

«Ero sposata, avevo tre bei ragazzi, e ora che erano cresciuti mi sono detta:

"Finalmente potrò godermi un po' la vita con mio marito". Invece c'era un'altra, che aspettava con più impazienza di me. Ora vivono insieme.

«Qualche mese fa l'ho rivisto, e sono caduta come una pera fra le sue braccia.

«Ora sì che facciamo l'amore come si deve. Ci vediamo di nascosto, lei non sa niente. Sono felice. Ora sono l'altra.»

«Beata te!» le risponde Delia, fra i denti.

L'angelo dello schiaffo

«Lui 40 anni, io 25. Io sola, lui con famiglia. Nasconderci, evitarci in pubblico, negare questo amore… Ci facciamo del male fisico. Quante volte lui viene a casa, e nei pochi momenti a disposizione mi picchia a sangue. Ma poi facciamo l'amore ed è più bello

«Fate sapere alle donne che le prendono,
che c'è anche qualcuna che le dà.»

che mai. La lotta di Giacobbe con l'angelo mi fa capire che esiste anche l'angelo dello schiaffo, del corpo a corpo, della maledetta energia nera. Aiutami, Delia!»

«Si aiutano i bisognosi, e tu hai già tanto. Non è questa la felicità, quando un sadico incontra un masochista?»

Io a mio marito gliele ho sempre date

Entra una donna grossa e simpatica come una massaia sovietica. Non vuole dire il nome. Ha fretta.

Massaia sovietica: «Lo so che qui da voi si rifugiano molte

donne che prendono dai loro maschi botte da orbi, chi è contenta chi no, ma insomma i loro uomini gliele suonano a più non posso. Io che ho 55 anni e sono robusta come un lottatore, a mio marito gliele ho sempre date. Fin dai tempi del fidanzamento, perché aveva un carattere prepotente. Alla vigilia delle nozze abbiamo fatto a schiaffi e cazzotti, e lui ce l'ha messa tutta per vincere lui, perché capiva che se perdeva quella volta lì dopo era fritto.

«Infatti ha perso. Però mi ha sposata. E dopo ogni volta che sgarrava, non ho avuto pietà. Sua madre veniva a lagnarsi, io dicevo: vada in palestra, mi affronti, mi sbatta per terra. Crede che sia piacevole per una donna vincere sempre?

«Mi è morto fra le braccia l'anno scorso, povero Mario, baciandomi le mani. Ecco, voi due, fate sapere alle donne che le prendono, che c'è anche qualcuna che le dà.»

14
Il segreto di Angela

Dudù ripara un torto

L'autunno venne tutto in una notte, con un gran vento sonoro. Ascoltando il suo vocione Dudù sogna che una tromba d'aria si porti via Carlo con tutti i Bottoni, vede la casa come nel mago di Oz rapita in alto da un vortice farsi sempre più piccina. E Delia, libera. Mentre cede al sonno, *libera* si trasforma in *tutta per me*.

Alle cinque lo sveglia una scampanellata. È Agata.

«Me la vuole ammazzare!»

Il colonnello l'ha combinata grossa. Per vincere la guerra delle finestre le ha riaperte tutte nottetempo, mentre dormivano. Durante la notte è venuto quel vento tremendo e Angela sta male, non riesce più a respirare.

«E lui voleva impedirmi di chiamare l'ambulanza: "La moglie di un soldato non può morire di raffreddore". Quel cretino! L'ho fatta ricoverare d'urgenza.»

Ma all'ospedale, Agata si è vista sbarrare il passo. Hanno fatto entrare LUI, come marito anche se ex, e non LEI, perché non è parente.

«Io dicevo ma stiamo insieme da 7 anni! Sono la sua compagna!»

Niente. Un dottorino antipatico le ha detto *È la legge*. E l'hanno sbattuta fuori.

«Lui sta lì con lei e non si muove. Gliela devo levare dalle mani. Morirà, con quello jettatore accanto! Dudù, fai qualcosa.»

«Mica sono Zorro...»

«Aiutami!»

Dudù riflette a lungo – due, tre secondi – poi si fionda all'ospedale con Agata.

La lascia in sala d'aspetto e si intrufola dai dottori.

Nel giro di 10 minuti ottiene per Agata il permesso di assistere l'amata giorno e notte.

Il dottorino antipatico le va incontro, si scusa, si riserva l'onore di accompagnarli da Angela.

Agata sussurra a Dudù:

«Ma come hai fatto?»

Lui ha un sorriso infantile, che gli fa venire due fossette molto, molto graziose.

Angela è sul letto, pallida, piena di tubi. Nella sedia accanto il colonnello sonnecchia, la testa piegata sulle decorazioni che sotto il fiato emettono un lieve din din (per accompagnarla all'ospedale si è messo in alta uniforme).

Si sveglia, vede Agata e subito al dottorino:

«Ma la signora qui non ci può stare!»

«No, è lei che non ci può stare. Ho saputo che è gravemente malato. Pessima compagnia per un'inferma.»

E lo accompagna fuori.

Angela finalmente guarda Agata negli occhi. Fa segno a Dudù di lasciarle sole.

Dudù aspetta fuori della porta. Ma per il suo udito di gazzella non vi sono segreti.

Angela: «Amore, non merito il tuo perdono...».

Agata: «Zitta, che dici... il colonnello è una disgrazia che ci ha colte insieme, come la grandine».

«No, si tratta di una cosa molto più grave...»

Angela è interrotta dai singhiozzi. Agata le asciuga le lacrime coi baci, spaventata: che ci può mai essere, di più grave del colonnello?

Angela: «Ti ho nascosto il mio segreto. Ti ricordi, quando si parlava di un figlio nostro, e io non potevo fare a meno di piangere? Piangevo perché volevo dirtelo e non ce la facevo, non so perché...».

Versando secchi di lacrime le rivela di avere un figlio, nato prima di conoscere il marito, quando aveva 17 anni. I suoi glielo avevano portato via, obbligandola a sposare il colonnello. Lei in seguito lo ha cercato disperatamente.

«Promettimi che mi aiuterai a trovarlo... e se ci riusciamo, lo terremo con noi...»

Agata le domanda se c'è un minimo indizio, un segno di riconoscimento...

«Sì... avvicinati...»

Angela parla all'orecchio dell'amica. Ma anche questo Dudù sente, e attraverso il muro vede la fronte di Agata, corrugata da un sospetto.

Angela peggiora, non vuole guarire. È felice all'ospedale. Ha ritrovato Agata.

Preferisce morire lì piuttosto che tornare a casa dal colonnello. Inutile spiegarle che ha solo una bronchite. Ne ha sopportate tante da quando è tornato, che delira.

«Lui mi ricatta con la malattia? E io lo frego, me ne vado prima di lui, ma con la mia Agata accanto...»

Dudù le guarda, pensoso. Chiede a Delia tre giorni di permesso per una missione speciale, e scompare.

Il metodo Phersen

Nei due metri di giardino scampati all'invasione cerchiettista, nell'unica panchina rimasta, Tony confida a Mao il voltafaccia dei suoi genitori.

«Ti ricordi no quanto mi dava fastidio che facessero i complici? Be', hanno smesso. Mi hanno dimenticato. Non gliene frega più niente se sono gay, per loro potrei pure diventare uno scarafone come in quel libro di coso, come si chiama? Quello che comincia col K...»

«King?»

«No, più antico: quello scrittore cèco...»

«Omero!»

«No, più moderno. Insomma quello, no? E mia madre, poi! Prima era appiccicosa come una sogliola, e di colpo m'ha lasciato, come si lascia un uomo qualsiasi. Un figlio è un figlio.»

«Ma perché?»

«Dopo una vita che erano separati in casa, c'è stato un ritorno di fiamma. Stanno occhi negli occhi, io parlo e non mi sentono. Mia madre mi si filava solo perché non se la filava papà, ma appena se l'è filata lui...»

«Ha ragione Pasolini. La famiglia è un'associazione a delinquere.»

«Non è tutto. Mi hanno offerto un mensile generoso, perché vada a vivere per conto mio.»

Mao fa un salto di gioia, lo abbraccia:

«Che colpo! Pigliati una casa così ci vengo pure io... È quello che hai sempre voluto!»

«Ma non così. Che vergogna! Ho tanto minacciato d'andarmene, e alla fine mi cacciano loro. Ieri li ho beccati che si baciavano. Appena m'hanno visto si sono staccati. Non se la sentono di ricominciare a tubare davanti a me, dopo che m'hanno cresciuto con le peggio scene. Sono come ragazzini che si vogliono liberare del padre. Si facevano i fatti miei perché non ci avevano i loro, ma appena ce l'hanno avuti...»

«Frégatene. Noi adesso facciamo il Werther, avremo successo, e dopo sta' tranquillo che si ricordano di te.»

«Ma che c'è di concreto?»

«Il cast. Werther lo faccio io e il mio rivale, il marito di Carlotta, che si chiama Alberto come Alberto, lo può fare proprio quello stronzo di Alberto. Sotto i suoi occhi conquisterò Clelia.»

«Bravo! Così io mi piglio Alberto. Sono sicuro che non gli sono indifferente.»

«Vita nuova!»

«Sì! E tanto che ci sono, mi piglio pure Stella!»

«Ma che sei scemo? Stella è la ragazza mia.»

«Ma tu non ti pigli Clelia? E che sei l'asso pigliatutto?»

«Ma tu non eri gay?»

«Sì, ma anche un po' mulierasta. Come Oscar Wilde. Io però al contrario di lui, con una donna non l'ho mai fatto perché una donna, a parte che è un essere umano pure lei, che altro ci unisce? Per come è fatta, lei o un marziano per me è uguale. Però Stella ha quel qualcosa che... mi fa impazzire lo stesso.»

«Insomma ma tu che cazzo vuoi dalla vita?»

«Tutto. Primo gli altri maschi, secondo se mi gira pure le donne: scusa non ho capito, se uno va coi maschi e poi pure con le donne, è un traditore? E che è un partito essere gay, una mafia letteraria, una P2? Voglio far sega a scuola e essere il primo della classe, andare a battere e nel salotto buono, ma non schizofrenicamente: il mio sogno è UNIRE I MONDI.»

«Accidenti che rètore! Però se ci provi con la ragazza mia t'ammazzo.»

«Dài, scherzavo. Stella mi piace ma io amo solo Alberto, lo sai. Ho un piano. Vado da lui a farmi compatire per l'abbandono dei miei. Se mi vede debole abbassa la guardia.»

«Mhhh... quello è un etero incallito. Capisce al volo che è una scusa. Non si fida di te, perché lo corteggi.»

«Appunto: lo spiazzo, lo sconcerto. Fingo che mi sia passata. Non un'ombra di interesse per lui come maschio. È il metodo raccomandato dal barone Phersen, quello delle orge a Capri... "*Se volete conquistare un eterosessuale, fategli credere che ve ne fregate di lui dal punto di vista erotico: fate gli amici... e vedrete che prima o poi sarà lui a cercare di conquistarvi*". Così succederà con Alberto. »

«Auguri. Però se ti va bene con lui non è che ti scordi di me, vero?»

«Tu sarai sempre il mio migliore amico.»

Confidenze di merceria

Ricetta contro le fregature

Domiziana è generosa. Colma i prescelti di benefici non richiesti. Ma non riceve mai la ricompensa che si aspetta, e viene in merceria a tuonare contro gli ingrati.

Delia e Dudù la detestano. La sua vera passione è il rinfaccio.

«Ho dato, dato dato, e ora non ho niente.»

Delia: «Li hai aiutati? Ora la paghi. Ma non cercare una spalla sulla quale piangere: non la mia.

«Ti sei data, ti hanno preso. E ora che vuoi? Il premio?

«Allora non hai capito: dare è un lusso che costa caro.

«Vuoi dare? Ma chi ti credi d'essere?

«Ti offri, e vuoi essere risparmiata?

«Sii avara, che è meglio. Ma non rimpiangere mai di avere dato».

Dudù ci mette il carico da undici, porgendo a Delia un brano di Nonna Oca, che lei legge a voce alta:

Donne che la mostruosità fa egoiste, c'è un solo modo per uscire dalla trappola: DARE. Date amore date riso date rabbia a chi non ce la fa, a chi obbedisce.

Amate cento volte più di quel che siete amate, dannatevi d'amore, perseguitate gli indifferenti, innamoratevi e fate innamorare, fino all'intrigo fino alla tragedia.

Date scandalo d'amore, porgete l'altra guancia.

Sedute lampo

«Sai com'era fra noi? Per tre anni, solo e sempre rapporti orali da parte mia, non gli piaceva altro.»

«Se fossi una femminista direi, tagliamoglielo! Ma sono una merciaia disarmata, e ti dico che quell'uomo era la tua mamma, e per tre anni ti ha allattato. Per tre anni, tu, attaccata alla sua fonte di vita hai succhiato infanzia e dolcezza, come dal seno di una madre. Perché ti lagni, ingrata?»

«La prima volta che abbiamo fatto l'amore gli ho ficcato il tacco nel palmo della mano. Se dice un sciocchezza gli do uno schiaffo, eppure non riesco a spiccicarmelo.»

«Guai a trattarli male. Si affezionano, e non se ne vanno più.»

15
Rivelazioni

Il diavolo fa le pentole

A casa di Mao si svolge una scena senza precedenti: senza risvolti farseschi, senza fronzoli, senza affettazioni, senza grida: una scena "normale" fra genitori e figli. Il padre e la madre, quietamente alleati, gli annunciano che i finanziamenti per il Werther sono sospesi, ma solo per ora. Che dia quattro esami, e poi se ne riparla.

«Noi siamo favorevoli (*dicono "noi" con un piacere evidente*), ma devi dimostrarci un po' di serietà.»

Mao trova che ciò sia ragionevole.

E come il falegname intelligente assesta con un sol colpo il cassetto difettoso, Mao mette la testa a posto. Studia. Frequenta la biblioteca. Fuma meno.

Anche Stella è contenta.

Ma un pomeriggio in quell'avanzo di giardino, guarda triste Mao che prepara lo zainetto per la biblioteca e cerca di trattenerlo. Lo attira a sé, con gli occhi lucidi.

Stella: «Ci devi proprio andare? Ti prego non mi lasciare sola, oggi. Sono triste per mia madre. L'uomo suo l'ha lasciata e lei se la prende con me. Tienimi stretta... restami vicino».

Mao: «Su, non essere incoerente. Prima mi fai giurare che do gli esami, e poi mi impedisci di studiare?».

Stella si stacca da lui a malincuore.
Mao vola via in motorino.

Dieci minuti dopo è da Clelia, a leggerle *I dolori del giovane Werther*:

«*Ah questo vuoto! Quest'orrendo vuoto, che sento qui nel petto!*»

Clelia, sul divano, in vestaglia di seta cruda con marabù ai polsi, lo ascolta vagamente beffarda, come dev'essere una donna che non si darà mai.

«... *penso che se potessi stringerla, una sola volta stringerla al cuore, questo vuoto si colmerebbe*... Dio, che Carlotta sarai! Al cinema tutti vedranno quanto sei bella. Sono già geloso...»

Lei, con bassa civetteria:

«Che c'entri tu? Semmai sarà geloso Alberto.»

Gli versa una tazza di tè. Le loro mani si sfiorano.

Uscendo da casa di Clelia, Mao è sul tappeto volante. Ne scende subito: gli hanno rubato il motorino.

Torna a casa. Stella è ancora lì, che lo aspetta, smarrita, bisognosa di carezze.

Mao si sente ignobile. Lo è. Drammatizza il furto, per nascondere l'imbarazzo del suo doppio gioco. Lei gli chiede dove lo aveva lasciato.

«Proprio lì, davanti alla facoltà.»

«Perché te la prendi così? Tanto paga l'assicurazione, no?»

Le scoperte di Dudù

Quando Dudù torna in negozio dopo i tre giorni di permesso, Delia lo accoglie fredda e non gli domanda niente. È gelosa come una salamandra. Lui ride sotto i baffi immaginari che gli ornano il labbro. Dopo Carlo, fra loro non è più tornata quella bella confidenza. Manca ad entrambi, ma non se lo dicono.

Delia non si tiene più.

«Ma insomma dove sei stato?»

"Dappertutto."

«A fare che?»

"Sherlock Holmes" risponde lui, enigmatico. Lei è la volta che sta per mandarcelo sul serio, e con effetto immediato. Ma proprio allora l'aria nuova di quell'autunno giovane giovane porta un suono di pianoforte, e un abbaiare di cani nei punti giusti, come diretti da Askenazy. Delia ascolta...

«Agata e Angela! Ma... è ricominciata la musica! Allora Angela è uscita dall'ospedale... E il colonnello?»

"Lo hanno cacciato via stamattina. In questi giorni ho indagato su di lui... e lo sa cosa ho scoperto? Che scoppiava di salute! S'era inventato d'essere moribondo per farsi riprendere dalla moglie, rovinarle la storia con Agata e spadroneggiare in casa loro... Angela, risanata in un baleno. Anche i cani sono impazziti di gioia, saltano e danzano, apre il cuore a vederli. E domani fanno un viaggio insieme, per dimenticare questa storiaccia."

Delia se ne rallegra. Ma qualcosa nell'espressione di lui non le piace.

«Gli hai ridato la vita, a quelle due. Sei stato bravo. Ma non ti venisse in mente di fare Sherlock Holmes in casi che NON TI RIGUARDANO...»

"Troppo tardi, l'ho già fatto. Ho indagato anche su suo marito."

«Come ti sei permesso?»

"Mi perdoni. Allora non le dirò niente."

«Ehnnò brutto impiccione, adesso parli! Che avrai mai scoperto?»

"Ma no, ha ragione lei, non dovevo... È meglio che non sappia niente."

«Allora?»

Dudù è pentito. Ha capito che ambasciatore porta pena. Tergiversa.

"Io la capisco... lei sperava di poterlo amare senza possesso, come una santa, come scrive Nonna Oca:

"Esiste, sì, un amore diverso dall'amore, un amore che si irradi sulle cose intorno, un amore che disprezzi il possesso.

"Esiste. Ma costa la vita.

"E sembra che tutto si spacchi, il tuo cuore nel petto e le casseruole nella cucina."

«CAZZO, PARLA!»

Dudù sa che Delia non lo perdonerà, ma la voglia di sputtanare Carlo è troppo forte.

"Suo marito le ha raccontato una grossa balla. Non era vero niente dell'Argentina. Lui e la Nadia ci hanno fatto un viaggetto giusto per vendere qualche quadro, poi hanno abitato a Milano per cinque anni. E gli ultimi cinque... sono stati qui, in questa città. In via Tolmino 8."

Delia gli dà uno schiaffo in piena faccia. Dudù si copre la guancia, e parlando con una mano sola:

"È colpa mia se lei aveva tanta fame di marito?"

«Non è vero! Non più! Non hai capito niente... io non voglio più un marito... io voglio la moglie! Ma perché la devo fare sempre io? VOGLIO UNA MOGLIE! VOGLIO QUALCUNO CHE MI ILLUDA SENZA SCRUPOLI SULLA GRANDEZZA DELLA MIA PERSONA!»

Tace. Lo guarda dolente, con rancore:

«Sei contento, adesso che mi hai spezzato il cuore?»

"Veramente è stato lui."

Delia non lo sente. Esce dal negozio come una furia.

Delia va diritta a cercare il marito. Lacrime di rabbia fanno tremolare il paesaggio come sott'acqua. Quando è troppo è troppo!

Giura di essere calma e signorile, per schiacciarlo meglio.

Arriva a casa con la gola secca. Prima di affrontarlo ha bisogno di un bicchier d'acqua. Apre la porta della cucina.

Steso sul tavolo, a piedi in avanti come il Cristo del Mantegna c'è Carlo, nudo salvo un asciugamano sui fianchi. Una grassa e bella ragazza lo massaggia, palesemente contenta di mettergli le mani addosso. Saluta la ex moglie con un sorriso sereno.

«Ti presento Jenny, la mia nuova massaggiatrice.»

«Ti devo parlare.»

«Jenny è come un confessore. Puoi dire qualsiasi cosa davanti a lei.»

«Ahssì? Allora... Bugiardo traditore disgraziato vigliacco figlio di puttana carogna!

«L'Argentina, eh? Per tutti questi anni sei stato qui, a un passo, nascosto, per non essere disturbato, tante volte una seccatura, una necessità della famiglia, tuo figlio...»

La ragazza Jenny afferra i cosmetici e fila via.

Carlo: «L'hai fatta scappare... che modi!».

«Ma non ti vergogni? Già, tanto c'ero io che badavo a tutto...»

Lui scende dal tavolo drappeggiandosi con l'asciugamano. Amaramente:

«Figliol prodigo! La festa è tutta il primo giorno. Poi, una vita di rinfacci.»

«Questo cambia tutto. Te ne devi andare.»

«Scusa, non capisco. Qui o lì, che differenza fa? Ti ho spiegato il mio esperimento di distacco assoluto. Che per me è un'esigenza artistica, per te una mascalzonata. Ma se lo fosse… Buenos Aires, Roma o New York, moralmente non cambia molto.»

Lo schiaffo che aveva pronto nella mano, Delia l'ha già sprecato per Dudù.

Resta ferma. Lui è calmissimo

«Mi vuoi cacciare da casa mia? Vuoi togliere di nuovo il padre a nostro figlio? E poi perché cadi dalle nuvole? Io dopotutto credevo che lo sapessi. Se fossi un po' più informata… bastava leggere le cronache mondane.»

(Si vanta: di lui nessuno scrive più da anni.)

«Già, noi viviamo come sorci…»

«Chiamiamo le cose col loro nome: tu sei gelosa.»

«Iooooo? Gelosaaaaaaaaaaaaaaaaaaaaa??????????????»

«Sì, anche ora che con Nadia è finita. (Sorride, disteso.) Sai, Delia, sono contento. Adesso che è tutto chiaro fra noi, mi sento più a mio agio. Non sai quanto mi pesava quella piccola finzione… Ecco, magari è inutile dirlo agli altri… dispiacerebbe troppo a papà e a Mao…»

«Ah, ti dovrei pure reggere il sacco?»

Carlo glissa. Mentre parla si specchia nel vetro della finestra.

«Adesso che sai tutto posso essere sincero fino in fondo: non ho un soldo, e ne ho urgente bisogno per un viaggio di lavoro. Avrei un affare da proporti…»

Squilla il telefonino. Carlo si chiude in bagno per parlare.

Delia si affaccia alla finestra della cucina, contigua a quella del bagno, per ascoltare la telefonata – si spindoccola tanto che rischia di cadere di sotto, ma riesce a sentire la voce di lui:

«… hai ragione, Parigi non va più di moda, e alla fine è una gran barba… Londra! Sì, Londra… pochi giorni, nessun impegno… Ma no, no, non andiamo a casa tua! È lì che abbiamo litigato! Ti porto al nostro vecchio albergo… ti ricordi? … e dài, dimmi di sì… I soldi? Ho venduto un quadro… quasi.»

Delia non è più lei. Come tutti i gelosi, ora sa fingere.

Quando Carlo la porta nel capanno a vedere i quadri, ci va come se non sapesse niente, e gli lascia fare tutta la sua commedia.

Carlo gliene presenta uno, a cerchietti color melanzana.

«Questo è la sintesi della mia maturità: si intitola *La leggerezza dell'essere*.

«Come ha scritto il Falsotti, non è più nemmeno pittura, è una sinfonia.»

Delia guarda, impenetrabile.

Carlo: «Quotazione 100.000 euro, ma ne vale 200. Te lo do per cinque».

«Peccato! Sono costretta a perdere l'affare. Per via dell'ipoteca di tuo fratello, è un miracolo se non mi hanno sequestrato il negozio. L'ho dovuto ricomprare all'asta.»

Carlo, che era sicuro del successo, perde la calma:

«Non farmi questi discorsi da bottegaia! Mi sta bene. Io che cercavo di elevarti…»

«Perché non elevi Nadia, eh?»

«Perché lei, più in alto di com'è, non ci può andare!»

Queste parole arrivano a Delia come una padellata in testa.

Poiché l'amore è perduto almeno salvare la faccia, se no, che le resta?

Ora ha un solo desiderio al mondo: che nessuno possa capire quanto è gelosa.

Quanto a Carlo, ciò che più lo attira verso Nadia è la nostalgia di quando erano una bella coppia. Di essere bello da solo non ne ha più voglia.

16
Viaggio di nozze

La stagione dell'amore viene e va

Mao sta rientrando, quando alle sue spalle risuonano due colpi di claxon imperiosi. Davanti al cancello si è fermata una macchina sportiva rossa, con una magnifica donna al volante, oltraggiosamente elegante. E figa da far paura.

«Tu devi essere Mao, vero?»

«Sì. E lei chi è?»

«Nadia. Avrai sentito parlare di me.»

«Sì, l'amante di mio padre.»

«Va' su e digli che si sbrighi. L'aereo non aspetta mica!»

«Partite? Insieme?»

Lei, senza simpatia: «A menoché non voglia venire anche tu. Be', perché quella faccia?».

«Niente... visto che papà è tornato, pensavo che fosse finita fra voi.»

Nadia, con sopportazione: «Certo che è finita. Ora è solo un gioco... molto più divertente. (Canticchia.) *La stagione dell'amore, viene e va...*»

«E dove andate?»

«A Londra.»

«Per sempre?»

«Non ti illudere. Tre giorni. Perché tante domande?»

Nadia scende dalla macchina per guardarlo bene negli occhi. Lo studia, e poi, grave:

«Parliamoci chiaro, tu hai bisogno di un analista.»
«Già stato.»
«Ci devi tornare. Ti mando da un amico mio. È un po' caro, ma non sbaglia mai.»
«Perché non ci manda suo figlio?»
«Perché non ce l'ho.»
«Ma forse non ne ho bisogno...»
«Oddio cosa mi tocca sentire! NON NE HAI BISOGNO... questo è il segno che è urgente, anzi, urgentissimo!»
«Ma come lo sa?»
Nadia – faccia da pazza:
«Perché io sto in analisi da sei anni, e sto BENISSIMO!»

In cima alle scale appare Carlo con una valigetta in mano. Dietro di lui spunta Delia. Alla vista di Nadia appoggiata alla macchina, splendente, la ex moglie digrigna i denti ma cerca di sorridere. Pensa:
"L'ha rimandato a vivere da me come un adolescente in punizione si rimanda dalla mamma, e poi ci va in viaggio di nozze alla faccia mia, e volevano pure i soldi...TIE'!"
Carlo, disinvolto:
«Dài, non essere timida. Vieni giù che te la presento.»
«Viaggio di lavoro, eh? Ma... come hai fatto per i soldi?»
«Offre Nadia. Non è avara, LEI.»

Dalla strada, Nadia vede Delia che si nasconde dietro il portone. Capisce che è per non misurarsi con lei, e corre a stanarla. Per trattarla con sufficienza, per squadrarla come una bellissima squadra una normale. Si slancia su per le scale – per la prima volta le due donne si trovano una davanti all'altra. Delia le arriva sì e no alla spalla. Un alano e un cocker. L'abito dell'una sembra deridere l'abituccio dell'altra.

Nadia, a Carlo, con ostentata meraviglia:

«Ma è carìììna, tua moglie!»

Dove le ììì sfrecciano come un perfido trenino, e quel MA sottende " Non un cesso come dici tu".

Poi, con impazienza:

«Su, andiamo!»

Lo prende per un braccio e lo spinge fuori dal portone. Uscendo Nadia si volta, e fa a Delia un salutino beffardo.

Delia non glielo perdonerà mai. Pazienza il marito, pazienza il viaggio. Ma è quel salutino a scatenarle un odio schilleriano. Quell'inezia le resterà sul gozzo in eterno.

Delia rientra, per non vederli partire. Sportelli che si chiudono. Rombo di automobile.

Trionfante.

Mao raggiunge la madre.

«Bella ma stronza. Mi dispiace, mamma...»

«E di che? Oh! Non crederai che m'importi? Siamo separati da tanto... e poi, siamo fra persone civili, no? Tu invece sei preoccupato. Che c'è?»

«Niente, l'assicurazione non ha ancora pagato per il furto del motorino. Di solito sono più veloci.»

Mao chiama l'assicurazione mentre la madre sfaccenda.

«Come? Avete pagato? E quando? Non facciamo scherzi... Già riscosso?... La ricevuta? Da chi? ... Bottoni Carlo? Una procura? Firmata da me?»

Riattacca.

«Papà s'è fregato i soldi del motorino. E ha fatto pure la mia firma. Bell'esempio.»

«Ecco come ha pagato il viaggio a Londra...»

Nadia

È notte all'aeroporto. Il furgone della merceria guidato da Dudù si ferma davanti al parcheggio. Delia salta giù. Losca, a Dudù:

«Aspettami col motore acceso.»

Delia cerca... finché avvista la macchina di Nadia.

Tira fuori un coltello e pugnala selvaggiamente le ruote. Non paga, la riga tutta con la punta, e ci scrive pure *troia*.

Quando risale nel furgone, Dudù le chiede:

"Si sente meglio adesso?"

«No.»

"Delia..."

«Zitto, ti prego. E... grazie.»

Dudù le passa un foglietto. Con i suoi metodi infallibili ha investigato su Nadia, e ha compilato una scheda:

Nadia. *Di carattere, Nadia si frega le case. Ma solo quelle. Se la lasci sola con uno scrigno di gioielli o un pacco di valuta, non toccherà niente. È davanti al mattone che perde la testa. All'asilo giocava solo con le costruzioni. «Diventerà architetto», dicevano le maestre.*

I suoi morirono presto. Di lei si occupò la sorella del padre, una gran dama. Quando era una duttile orfanella, zia Giulia la tirò su con i rigidi principi che aveva applicato lei stessa:

1. Non la si dà per niente. La bellezza è un valore e bisogna metterlo a frutto.

2. Gli uomini passano, le case restano.

Fu così che da grande Nadia divenne una collezionista: ogni fidanzato un appartamento. Quando incontrò Carlo ne possedeva 18. Ma era ancora lontana dal suo ideale: battere zia Giulia, che nella lunga carriera di bellissima ne aveva accumulati 63.

Ma non i coperchi…

Una bella notizia per Mao: il motorino è stato ritrovato. Va subito con Stella in questura. Un funzionario legge il verbale:

«Reperito in discreto stato, il ciclomotore trafugato il giorno 28 luglio in via Rubicone 91…»

Stella, fulminata: «Dove?».

Mao vorrebbe sprofondare. Sotto lo sguardo fiammante di lei balbetta:

«C'è un errore… io l'ho lasciato all'università…»

Il funzionario, che i colleghi chiamavano il Pignolo e ne andava fiero:

«Nossignore. Via Rubicone 91, stando alla denunzia…»

Fuori, Stella cammina a passi scalcianti. Mao la insegue:

Lei: «È inutile che mi vieni dietro. Tu con me hai chiuso! Quel giorno avevo tanto bisogno di te… e tu sei andato da QUELLA!».

«Non banalizzare…»

«Ma sarai scemo? Mi tratti come la povera fidanzatina scialba mentre tu muori dietro a Clelia? Basta con questa farsa! Guarda che faccio finta che non lo so, ma invece LO SO CHE SONO UNA STRAFIGA! E mi vengono dietro tutti!»

Mao, cupo: «Tutti chi?».

«Andrea Max Giandomenico Mario Bruno Bobby Giuliano Luca Mughi Momò Lillo Stefano Dario e pure…»

Si ferma di colpo.

«Pure chi? Di' la verità… il mio migliore amico?»

«Ah fai il geloso? Hai ragione! Ti metterò certe corna che…»

«E poi Tony è gay!»

«Sì. Ma non con me.»

«E *Werther*? Il *nostro Werther*?»
«Ma quale *Werther*? Buffone! Se non c'è manco una pagina di sceneggiatura!»

Stella sparisce. Mao passa il tempo a chiamare lei e Tony. Nessuno gli risponde.
Non trova lui, non trova lei… la cosa gli sembra fin troppo chiara. Era tutto un parlare con le segreterie. E che segreterie… La voce di Stella ripeteva:
«Vi richiamerò. Se però è Mao, ti prego: lascia perdere.»

Mao cammina per i viali dell'università, l'aria torva e cornuta.
Quando gli sfreccia sotto il naso Tony in motorino, e dietro, stretta a lui, Stella, che lo saluta con insolenza.
Mao li insegue per qualche metro fuori di sé e lancia un grido surreale
«A frociiiii!!!!!!!»

Confidenze di merceria

Sedute lampo

«Che ne pensi di un'amica che mi dice Te lo devi mettere in testa una volta per tutte: il cazzo non è fatto per far godere, ma solo per godere»
«Sono i discorsi da bar delle donne. Identici a quelli dei maschi, che fanno del sesso un'entità metafisica, inesistente.»

«È mio cognato, lo dobbiamo fare di nascosto…»
«Avrete tutti contro, e sarete vivi. Beati gli amori che hanno una ragione per essere clandestini.»

«A me piacciono solo i baci, il resto si fa perché si usa.»

«A me piacciono solo i baci, il resto si fa perché si usa. La maggior parte non ci guadagna mai a tirarlo fuori veramente.»

«5 anni di tormenti, 2 minuti d'amore e 24 ore di odio...»

«Amanti, lasciatevi. L'amore è fatto per questo. Se si rimane insieme oltre l'amore, scatta l'associazione a delinquere.»

«Ma dove lo trovo un uomo che non odi le donne? È così difficile?»

«Difficile, ma non impossibile. Uomini così, quasi estinti, sono tuttavia presenti in alcune decine di esemplari anche in Europa. Una lega per la protezione delle specie in pericolo li fa seguire con non sufficiente discrezione da équipes pronte alle più umilianti cure. Essi sono immalinconiti. È difficile accostarli. Il loro bar, la solitudine, l'orgoglio li stringono, come alci, nelle riserve.»

17
La vendetta

L'ultima goccia

Carlo tornò da Londra di un umore sgargiante. Mao gli rimproverò il suo imbroglio e gli richiese i soldi del motorino, ma si ebbe solo dei giochi di parole.

Carlo non poteva essere tediato con quelle miserie – non ORA.

Dalla faccia dal frenetico specchiarsi dalla voce canterina traspariva la sua nuova felicità con Nadia. Delia lo sentì che diceva al nonno:

«Che scemo sono stato! L'errore con Nadia era tutto nella convivenza. Così invece leggeri, come ragazzi... Ora è tornata un'amante... prima mi stava diventando una moglie. E quando una donna diventa una moglie, lo sai, è la fine... Prendi Delia: in lei il processo è irreversibile, poveretta.»

Ma fu un piccolo episodio, meno grave degli altri, a finire di esasperarla. L'ex marito organizzò la sua prima mostra dopo tanto tempo, e glielo nascose con cura. Delia venne a saperlo in modo insultante.

Era a letto con un libro in mano e la televisione accesa.

Mao si affacciò sulla porta.

«Dov'è papà?»

In quel momento, al telegiornale apparvero lui e Nadia, che brindavano, sullo sfondo di un vernissage – ovunque quadri a cerchietti.

«Oggi si è inaugurata la mostra del pittore Carlo Bottoni…»

Delia: «Hai capito? Hai capito che ha fatto? Non mi ha detto niente… per non invitarmi!».

Il figlio, con involontario amore: «È proprio mio padre! Si fa scoprire sempre».

Da quel momento, Delia ebbe un solo pensiero: fargliela pagare. Le avrebbero fatto comodo i consigli di Dudù, ma temendo la sua sincerità continuava a tenerlo a distanza. Salvo un momento di incontinenza, se no moriva, un breve sfogo quasi di nascosto da se stessa. Gli disse:

«Io sono ancora la sua schiava, ma lui non è più il mio padrone. Il padrone è uno che vive per offrirsi alla tua obbedienza. Ora è solo uno che mi comanda.»

Dudù, che non vedeva l'ora di un segno da parte sua, liberò tutte insieme le parole che teneva pigiate dentro come aringhe:

"Fante, aviatore, kamikaze d'amore, lei segue a cuore nudo un generale che la inganna sui suoi piani."

Delia si richiuse di nuovo.

Delia non mirava alla rappresaglia, né al dispetto: voleva la vendetta. Greca, irreversibile, assoluta. Pensava, pensava, ma niente le pareva all'altezza dell'oltraggio. Il destino le venne incontro.

Finalmente il cancro

Era una mattina come le altre. Mao e il nonno facevano colazione in piedi, perché sul tavolo c'era Carlo, e Jenny lo stava massaggiando. D'un tratto la porta si spalancò ed entrò Delia, a colpo di vento, sventolando un foglio. La seguiva Dudù, tragico. Lei gli sussurrò:

«Adesso sì che glielo metto in culo a tutti!»

Mao, stupito:

«Che c'è, mamma? Hai vinto all'Enalotto?»

«No!!!!! Ho poco da vivere... Finalmente, il cancro! Finalmente è successo qualcosa pure a me... (Si specchia su una pentola) Finalmente sarò egoista! Da adesso il centro del mondo sono IO!»

Carlo, Mao e il nonno, allibiti. Jenny scoppiò in singhiozzi.

Dudù cercava di sorridere, ma gli vennero giù le lacrime.

E non si fermarono più.

Tentava di chiuderle, ma scendevano a rubinetto. Solo quando dormiva smetteva di piangere. E non del tutto. Al mattino lasciava sul cuscino delle tracce umide di dolorosa lumaca.

Delia si sentiva bene, e aveva preso con leggerezza una decisione grave: rifiutava di curarsi. Carlo la supplicò. Ebbe la soddisfazione di vederlo ai suoi piedi. Lui, Mao, il nonno, perfino la nonna. Ma lei, irremovibile. Non voleva guarire. Voleva la vendetta.

In negozio si ebbero molti reclami. Dudù stava facendo un pacchetto regalo, con il suo garbo leggendario. La cliente lo mostrò a Delia, seccata: era zuppo.

Ma il peggio fu quando il commesso si sbagliò, e invece dello scontrino la cliente si trovò in mano un foglietto anche quello mezzo bagnaticcio, con una poesia di García Lorca, che la donna lesse (malissimo) ad alta voce:

> Ahi che fatica mi costa, amarti come ti amo!
> Mi costa che mi fa male l'aria, la luce

e il cappello che ho in testa.
Chi mi comprerà questo cordone,
e questa tristezza di filo bianco
per far fazzoletti?

In cima al foglio, mezzo cancellato dalle lacrime, si leggeva ancora A D... LIA.

Delia perdeva la pazienza:

«Dudù, per favore! Smetti di frignare. Non sono ancora morta!»

E spavaldamente faceva le corna, come se quelle analisi fossero uno scherzo.

Ma Dudù non piange per quello. Piange perché lei lo tratta come un conoscente, perché non ridono più insieme. Perché l'ha persa. Ormai per lui, morta o viva è quasi uguale.

In quelle lacrime sfoga il suo dolore dalla data nefanda: il ritorno del marito. Prima come Superman le vedeva attraverso, ma ora Delia si è coperta di piombo e i suoi sguardi a raggi X rimbalzano contro la sua faccia di povero Clark Kent condannato alla cravatta.

Non capisce cosa c'è dietro quella esaltazione che gli pare mostruosa, spia di una tempesta non confessata.

Dudù sbaglia. Al momento Delia è serena. Sapersi condannata le dà un senso di immortalità. In quel male c'è un bene che va molto oltre la sua vendetta.

Si sente libera, si sente capace di tutto, anche se fa le cose di tutti i giorni.

Non solo perché in casa sono cambiati, la viziano e la vezzeggiano.

Ma per la prima volta si vede staccata da tutti gli altri, esistente, con i suoi piedi che sono i suoi, i suoi sbagli che sono i suoi, e anche quel modo di dare consigli alle clienti.

Per la prima volta si è incontrata, ed è stato un colpo di fulmine. Non perché si trovi un granché – ma perché è lei – come chiunque altro, inimitabile. E si mette lo smalto e si guarda le unghie, ed è la prima volta che le vede. Così gli occhi, i capezzoli, l'attaccatura dei capelli e quel suo piccolo sesso negletto, e scopre il suo modo di masticare e di dire buongiorno, con la testa un po' inclinata, e come un innamorato si dice ma dov'eri, tu, finora? Perché ci ho messo tanto a scoprirti? Ah se ci fossimo incontrati prima... e si risponde: meglio tardi che mai!

Dudù la guarda e piange.

Delia è approdata, senza di lui, all'incommensurabile privato.

Spirito pratico non ne ha mai avuto tanto, ma ora l'ha abbandonata del tutto.

Non ha nessuna idea *reale* del tumore che le hanno diagnosticato. È incosciente, non eroica.

Non odia più Carlo, così facile da vincere – non odia più la nonna. Vivrà più di lei, e di ciò vede il lato comico. Non ce l'ha più nemmeno con Nadia.

Un venticello di superiorità la accompagna sempre, davanti a chiunque.

Non più sequestri, gelosie, bollette, nonna, amore impossibile, dilemmi.

Lei se ne va, loro resteranno. E saranno cazzi loro.

Anche l'affetto per Mao ne esce scolorato. Lo vede come uno che si avvia nel corridoio bituminoso della vita, proprio mentre lei ne sta uscendo.

Gli gioverà non avere più una madre.

Mao invece è colpito a morte. La malattia di Delia ha perforato la sua superficialità e ne esce una tenerezza che lo strazia.

Non ha il coraggio di parlare a quella donna che sorride sempre.

Ha bisogno di Stella. Vuole il suo dolore.

Visto che continua a non rispondere al telefono, va a casa sua.

Suona al citofono.

«Stella, apri. È successa una cosa grave.»

«Vattene.»

«Mia madre ha un tumore.»

Stella sghignazza senza ritegno:

«Ah ah ah! Se credi di impietosirmi così… ma non ti vergogni?»

«Sì. È colpa mia.»

Stella, beffarda:

«Per i dispiaceri che le hai dato?»

«Per tutte le volte che ho giurato il falso su di lei. Sono stato io! Sono stati i miei spergiuri.»

Stella comincia a credergli. Lo fa entrare.

«Mi starai vicina? Aiutami. Io non le ho mai badato. Vorrei conoscerla meglio, prima che sia tardi.»

Stella lo abbraccia forte. Stretti, piangono.

Mao e Stella cominciarono insieme un viaggio segreto nella Mamma. A sua insaputa toccavano i suoi oggetti, risalivano alle sue abitudini.

Mao apriva l'armadio, carezzava gli abiti di lei.

«Un guardaroba da barbona… vestitucci da quattro soldi. Io mi vestivo nei negozi chic, lei alla Standa…»

La casa era diventata tutta un rimorso e un pianto. Perfino Carlo non si riconosceva più. Spiava il risveglio di Delia, e subito entrava portandole la colazione, con un fiore.

Coglieva le rose più belle della nonna, e lei non fiatava.

E scrutava la sua ex moglie, come non aveva fatto nemmeno i primi tempi, e le diceva "sei proprio carina" – ed era vero, Delia sbocciava.

Una mattina, dopo averla servita amorosamente, le mise una busta sul comodino.

Delia la aprì… una pioggia di banconote cadde sul letto.

Rimase attonita.

«Soldi? Perché?»

«Perché tu li spenda in sciocchezze, e solo per te.»

«Ma dove li hai trovati?»

«Me li sono guadagnati. I quadri della mostra… li ho venduti tutti.»

Un passo militaresco. Entrò zio Leo, tuonando:

«Macché! Le solite balle! Non ne hai venduto manco mezzo! Vengo adesso dalla mostra. Sono rimasti tutti lì, e ti sta bene. Ma che arte è quella? L'avanguardia… roba di 100 anni fa. Ormai è retroguardia.»

Carlo: «Che ne capisci tu?».

«Ne capisco più di tutti! Una volta si sapeva cosa fare di gente come te! Ti avrei fatto deportare come artista degenerato.»

«Monarcoclericonazista!»

«Pervertito!»

«Nano!»

Stavano per venire alle mani, quando qualcuno suonò al citofono. Carlo si affacciò.

Sotto c'erano due tipi in giacca e cravatta, con l'orecchino.

Uno bruno naturale uno biondo ossigenato. Carlo si ritirò a precipizio. Il fratello gli chiese:

«Chi sono quei giovinastri?»

E Carlo, dissimulando lo spavento:

«Colleghi, invidiosi del mio successo.»

I nodi stavano venendo al pettine: per fare il grandioso con Delia, Carlo si era impelagato con gli strozzini, che delusi nella puntualità avevano mandato due a dargli una lezione. Ma zio Leo, convinto che fossero artisti moderni, scese per insultarli. Uscì fuori dal cancello e gli gridò in faccia:

«Teppisti! Postcomunisti! Artisti deviati!»

Il biondo, al moro: «Ma che cazzo dice questo?».

Il moro: «Sei Bottoni Carlo?».

Zio Leo: «Me ne guardo bene!».

Il biondo: «È lui».

E lo presero a cazzotti. Professionalmente, senza rancore. Dopo tanti anni di karatè zio Leo sfoderò il suo colpo segreto, detto decapita-drago: ma gli andò male. Quei piccoli sicari si rivelarono due maestri, e lo fecero volare nel giardino da sopra il cancello.

Alla finestra Delia e Carlo guardavano la scena. Delia, lusingata:

«E tu, per farmi un regalo, sei ricorso agli strozzini?»

«Delia!»

«Carlo!»

Lui le strinse la mano.

Alberto e Tony

Tony ha messo in atto il suo piano di seduzione. Si è confidato con Alberto, ha fatto l'amico. All'inizio Alberto stava sul chi vive, ma poi lo ha visto così cameratesco che si è rilassato. Tony gli ha detto con un sorriso divertito che sì, lo ha amato, ma ormai non ci pensa più... e ha avuto la gioia di scoprire un lampo di delusione negli occhi dell'altro. Che testa, quel Phersen.

Ora che non si sente più inseguito, Alberto si abbandona al piacere di stare con quel ragazzo francamente adorabile, e così spiritoso, e... e... le qualità che trova in lui non si contano, anche perché ne va scoprendo sempre di nuove.

Una tenerezza virile li unisce, vanno a correre, alla partita, si scambiano CD, li ascoltano insieme. Perfetto.

Ma non si fa un passo avanti.

Il trucco di Tony è riuscito fin troppo bene. Ora sono due compagnoni, Alberto si lagna di Clelia. Che posatrice! Che civetta! E quel Mao, sempre fra le palle. Magari me ne liberasse! Lei vuole che ci sposiamo, ma io... Pacche sulle spalle.

Tony comincia a innervosirsi. L'effetto Phersen – che sia l'altro a fare il primo passo – tarda a verificarsi.

Si iscrivono insieme a lotta libera (idea di Alberto). Si toccano, si strusciano, se le danno di santa ragione, fanno la doccia nudi, si schizzano, ridono come matti.

Se per una sera Tony non telefona, Alberto fa l'offeso e vuole sapere momento per momento cos'ha fatto, chi ha visto, se l'ha pensato.

Tony è fuori di sé per la tensione e per la rabbia. Come spiegare ad Alberto, con la sua totale mancanza di coscienza, che questo è amore?

Alberto ha paura delle parole – e Tony più di lui. Quello è il prezzo del loro flirt: non parlarne, mai.

Tony si intristisce. Il metodo Phersen non è poi questa gran figata.

Anche perché lui, il barone, dopo che aveva tranquillizzato il suo etero, una sera lo invitava nella Villa di Capri – e lì, priapi di pietra in giardino, cocktails voluttuosi, droghe in polvere, roba buona no come quella che gira oggi – che c'è? Un fruscio, e un violinista salta su da un cespuglio come un bel diavolo, esegue una sonata di Tartini come un angelo, *Bagna le piume in Lete, o placido placido sonno, e me le sparge in volto, e me le sparge in sen...* e nei vialetti e nelle stanze purpuree, teatro d'oriente, echi di splendide orge – ed era fatta.

Ma lui dove lo porta quel bietolone di Alberto perché la finisca coi suoi modi da pretino in gita?

Tony non è incapricciato, è innamorato. Seriamente. Da otto anni.

Un tardo pomeriggio, uscendo dalla facoltà, Tony vede Alberto che legge su una panchina di pietra, ai margini del viale.

Tony non si dà il tempo di riflettere. Gli si siede vicino, e gli dice tutto.

Della sua strategia, del suo sentimento. L'altro nemmeno lo lascia finire.

Si alza di scatto, offeso, fuori di sé.

«TU mi ami? E come ti sei permesso di dirmelo? Ti credi che sono finocchio?»

«No. Credo che mi ami.»

Alberto gli dà uno schiaffo. Tony glielo ridà. Si guardano. Si buttano uno fra le braccia dell'altro.

Bacio da cinema.

Da lontano Mao li vede, e li benedice. Uno di meno a rubargli Stella.

Strano: non pensa "ora Clelia è libera".

Confidenze di merceria

Sedute lampo

«Tradiscono più gli uomini, o le donne?»

«Tradiscono i traditori, quelli che hanno paura.»

«L'ho sposato per dispetto del mio ex. Dispetto doppio perché è ricco, e quell'altro era un poveraccio. Appena ho scoperto che mi tradiva, credi che abbia pianto? Ho chiamato l'avvocato, e adesso sono una donna abbiente, e libera.»

Delia: «Gli uomini, che mascalzoni! E le donne? Ah, ragazze, sarà davvero nostro il regno dei cieli? Forse da sole, non per eccesso femminista ma perché nessun maschio alato avrà il coraggio di sopportarci in eterno».

Un ragazzo, timido, si confessa con Dudù: non si fida più delle donne, e fa da solo. Quali sono i rischi? Non vuole che Delia traduca la risposta, perché non si fida nemmeno di lei, e Dudù gliela scrive:

"Ama il sesso tuo come te stesso. La prima rinuncia al libero arbitrio comincia quando, da piccolo, colto sul fatto, accetti vergognoso la punizione. La prima carezza che ci spetta, la più naturale, viene perseguitata per sventare la salvezza: il colloquio con la sola persona su cui dovremmo poter contare sempre: noi stessi. Quale dignità può sperare uno che accetta di essere diviso dalle sue mani?"

«È passionale, ma sempre così cupo...»

«Chi ama ride. Cupamente bacia il simulatore.»

«Delia, mi dia un consiglio: mi sono messa con un uomo sposato...»

«Che traffico, ragazze! Ma quante hanno l'amante, in barba al divorzio? Il tradimento sopravviverà all'uomo, nasce prima di lui – come i ratti.»

«Sono gelosa, gelosa, gelosa, faccio di tutto per guarire, o almeno per calmarmi...»

Delia: «È inutile mortificare la bestia. Quando credi di esserci riuscita ti prende un attacco di gelosia da restarci morta. Da' fuoco alla casa sfogati fa' come Lucia Bosè che era sposata col torero Dominguin, e quando lui la tradì prese una torcia e bruciò tutto... Tanto, non ti sarà mai fedele. Né tu a lui. L'infedeltà è in un sorriso, in un sogno, in un gesto non fatto (da qui il detto popolare *Il cornuto ha sempre ragione*).

«La fedeltà è saltargli in braccio, e tutto scompare.»

Bestia o uomo, che m'importa? È lui che amo.

18
La via del cielo

Giroconti

Come ogni giovedì, don Ignazio era a pranzo dai nonni. La nonna raccoglieva i soldi per l'Africa, e lui passava a ritirare il malloppo. Con l'occasione, appena restavano soli buttava lì qualche parolina per farle fretta sull'impegno di lasciare la casa alla parrocchia. Lei continuava a tenerlo sulla corda, ancora non aveva firmato niente. Combattevano la lima e l'acciaro. Facevano a chi si fidava meno.

Flor li serviva, con qualche attenzione particolare per il nonno, che era il più gentile.

La nonna mostrò al prete una grassa busta piena di banconote da cento, che egli pudicamente non toccò, lasciandola sulla consolle.

Nonna: «Questo è un modesto contributo, ma sono sicura che anche Flor vorrà dare qualcosa per la nostra chiesa, vero?».

Flor: «Tengo figli in Colombia, mio marito salì para comprar los cigarrillos e nunca se vió... yo avrei bisogno de un contributo para mi».

La nonna era molto caritatevole con quelli lontani, un po' meno coi vicini.

Mentre Flor versava il caffè agli uomini, andò in cucina

per abbandonarsi alla sua avarizia. I vizi capitali ce li aveva tutti. Prese gli avanzi dai piatti e con antica arte ne ricavò una porzione apparentemente intatta. Appallottolò con le mani i resti dei contorni e ve li pose graziosamente accanto. Versò gli avanzi dei bicchieri in uno solo. Giusto in tempo: stava entrando Flor, e per un pelo non la sorprese. Ma l'Elvira aveva il diavolo dalla sua. Le porse il suo prodotto

«Te l'ho preparata co le mi' mani! Te tratto come si éri la mi fiòla.»

E tornò a tavola.

Un passo per le scale. Alvaro aguzzò le orecchie: lasciò la moglie e il prete e corse a godersi il passaggio del figlio, stavolta davvero insuperabile. Carlo gli rivolse un gesto interrogativo. Alvaro gli fece segno di aspettare. Andò in sala da pranzo.

Don Ignazio e l'Elvira, di spalle, parlavano fittamente, le teste vicine, e non si accorsero di lui – con grazia di serpente Alvaro strisciò verso la busta e prese qualche foglio da cento al volo.

Tornò da Carlo e gli infilò le banconote arrotolate nel taschino della giacca, come aveva visto fare in un film sulle puttane dell'Avana.

Don Ignazio si stava congedando, con la busta in mano. La soppesò. Aveva una sensibilità da borseggiatore di tranvai, non sbagliava di una banconota. Ne mancavano quattro. Sebbene avesse deciso per una politica morbida, non poté tenersi dal dire:

«La ringrazio, anche se stavolta è stata meno generosa del solito.»

«Cooome? Me faccia vede'…»

La signora Elvira gli strappò la busta di mano, si mise a contare…

Uno sguardo feroce al marito, che si fece piccolo piccolo.

Quando il prete se ne fu andato, litigarono a morte. Finché lui, stremato, non ebbe più la forza di negare. La nonna gridava:

«Te sè introttolato 400 cucchi… i baiocchi dei poveri! Vergognite! A che te servono tutti sti soldi?»

Il nonno resisteva: non voleva denunciare il figlio e si limitava a difendersi.

«E 'l sò io, 'l so! Tu c'è qualcuna! Dimme chi è, sennò te sdruncico!»

«Ma se non esco mai di casa!»

A quelle parole lei ebbe un'agnizione fulminante – attraverso la porta a vetri vide la silhouette di Flor che rigovernava. Finora l'aveva considerata come un gattino. D'un tratto si accorse di avere in casa una Venere di 25 anni con un sedere altissimo. Mormorò:

«Già, nn'esci mai…»

La trama s'infittisce

Flor fu cacciata all'istante.

Scese mesta le scale con la sua valigetta, mentre la nonna e zio Leo la guardavano con cipiglio. Si fermò, nell'ultimo debole tentativo di avere almeno un po' di giustizia:

«Ma, signora, gli otto giorni…»

«Va' a rubba' i mariti da 'n'altra parte!»

Zio Leo, la faccia ancora sconciata dalle botte degli strozzini, canticchiava fra sé:

«Il Piave mormorò… non passa lo straniero!»

Il nonno non c'era.

Aspettava Flor dietro l'angolo, con un mazzetto di fiori. Glieli porse.

«La perdoni, se può. Mia moglie è matta.»

«Lei mi fa molta pena, señor.»

«Deve trovare un alloggio per stasera. La accompagno.»
Fermò un taxi.

Il taxista, che da giovane aveva amato disperatamente una donna più vecchia, erano stati divisi a forza dalle famiglie e non l'aveva mai dimenticata, guardandoli dal retrovisore prima tristi poi ridenti, li prese per teneri amanti.

Disse: «Tenete duro».

E fu contento di portarli.

Il nonno si presentò al negozio per la solita faccenda. Delia era ben contenta di dividere con lui la donazione di Carlo. Ora Alvaro chiedeva i soldi anche per Flor, oltre che per sé. L'aveva sistemata in una pensione di suore, le stava cercando un lavoro. Non aveva mai pensato a lei fino al giorno del fattaccio, ma ora più la conosceva più si sentiva nato per lei. Sapeva farla ridere. Sembrava un corteggiamento leggero, ma Alvaro s'era preso una gran cotta. L'ultima, la più pungente.

Finora l'aveva portata alle giostre, al cinema, a passeggiare con un gelato in mano, sussurrandole qualche parola in spagnolo che la faceva ridere di gola come una tortora.

Assassinio in famiglia

Ora, il nonno meditava il colpo grosso. Tre giorni con lei a Capo Spartivento, albergo a 5 stelle.

Ma il lusso era solo una cornice, e un omaggio. Contava, per stupirla definitivamente, sulle qualità atletiche: era un grande nuotatore. Imparò fanciullo nel Tevere insidioso pieno di buche bisce e gorghi, a volte persino annegati che non era ancora il tempo delle pillole e per suicidarsi ci si arrangiava con la natura – e anche allora tra i freghi di Umbertide Alvaro era il migliore.

A terra è un vecchietto, in acqua una murena. Per ingannare la moglie rispolverò il metodo di tanti anni fa, ai tempi della Rosita Vargas: accusando grandi dolori al petto, prenotò un check-up nella clinica di un amico, che lo coprirà, nel caso l'Elvira dovesse controllare.

In fondo alla valigia da malato nascose le pinne e il costume.

E andò, leggero, onnipotente, pensando allo sguardo di Flor che lo guardava nuotare.

Sarà spericolato, sarà elegante.

Ma la nonna sapeva. Zio Leo aveva scoperto il maneggio ed era corso ad avvertirla.

Il delatore, che agiva per seminare il pianto, non capì perché quella notizia le provocasse un umore frivoletto, come il drogato alla vista della dose. Tornavano le corna! Si sentiva giovane, nell'aprile della vita, uno zefiro le portava il profumo di trapassati lillà, di ardenti baruffe.

Non vedeva l'ora di restare sola. Quasi cacciò di casa Alvaro, che si attardava in bacetti di Giuda.

Ma i tempi dei detectives erano lontani. Ormai l'Elvira credeva solo nelle forze del male.

Aveva convocato una vecchia conoscenza di Umbertide, la Schiurbina di Santa Fede, detta la Tirimbomba, fattucchiera mercenaria in fama di ladra, che sulla natica destra aveva tatuato il volto del Maligno.

La Schiurbina venne zitta zitta, con misteriosi inchini, appena il marito se ne fu andato. Scesero in cantina.

Con un rito umbro, di cui si contendevano le origini Solfagnano Parlesca e Ramazzano Passo dell'Acqua, maledissero Alvaro.

Sotto la guida della Tirimbomba la nonna agitò zampe di gallina, in mancanza di rospi bollì vivo un geco del giardino e ne bevve il brodo, sputandone larghi sorsi sull'effigie di

Alvaro mentre pestava i piedi in una danza mortale. Alla fine incoronata di ortiche, stringendo un amuleto di pelle umana di un impiccato morto al chiaro di luna, trafisse la foto del traditore con un chiodo staccato dal crocefisso sopra il loro letto.

Prima di sera arrivò la notizia: Alvaro era morto, annegato nelle acque di Capo Spartivento. Il corpo non fu mai trovato. Le correnti lo avevano trascinato via, chissà dove.

Quando lo seppe, la nonna cadde di schianto.

«Colpa mia» disse appena rinvenne.

«Colpa mia, continuava a ripetere. In cantina si era divertita, aveva giocato alla strega. Ma mai si sarebbe creduta che quella cialtrona della Tirimbomba avesse tanto potere.

Un po', sì, ma giusto quel po', da fargli rompere un braccio, un incidentino di macchina, un avvelenamento da ostriche e champagne, un mezzo infarto – ma la morte, mio Dio.

Aveva ucciso. Era dannata.

Dàgli Alvaro

Le esequie si fecero con la bara vuota.

Quel lieve funerale senza corpo rese Alvaro ancora più degno di rimpianto.

Non era stato solo un grande giocatore di poker e un grande seduttore, ma anche un grandissimo calciatore, quando giocava come centravanti nella Tiberis.

Era rimasto nella storia di Umbertide il suo goal nella famosa partita col Gubbio, da metà campo, all'ultimo secondo, riscattando una guerra di vicinato fra le due città che durava da seicento anni.

In sua memoria Carlo recitò agli astanti la poesia che in quell'occasione gli aveva dedicato la «Gazzetta della Fratta», celebrando in una le sue virtù sportive e quelle amatorie, e che fu poi incisa sulla sua tomba:

Non spagnol ma frattigiano,
divo egli è più di Ramon.[1]
Il suo piede va lontano,
ché dà i calci col pallon.
Le fanciulle che l'han caro, gridan tutte:
Dàgli Alvaro!

La nonna era una vita che smaniava di fare la vedova. Si era immaginata decine di volte quel suo momento di protagonista assoluta, e si era fatta confezionare per tempo un tailleur di satin nero. Ma si dimenticò di metterlo.

Durante la cerimonia rimase nel suo banco piccola piccola come un fuscello col vestito di tutti i giorni, e al momento delle condoglianze dava la mano in punta come un passero stecchito. Cosa nuovissima per lei, non distingueva nemmeno più la gente dal rango. Non vedeva nessuno, vedeva solo la sua colpa.

Il giorno del funerale scomparve anche la Bionda.

Perfino il cane lo amava più di me, si disse la nonna.

E si mise a letto, per morire, certa che non si sarebbero ritrovati neanche all'inferno. Perfino lì avrebbero avuto due collocazioni diverse: lui nel girone dei lussuriosi, lei in quello degli omicidi.

Non lo avrebbe visto mai più il suo bell'Alvaro. E in quegli occhi che erano nati asciutti, per la prima volta spuntarono le lacrime.

[1] Novarro, famoso attore del cinema muto (1899-1968)

La notizia fece il giro del quartiere, e presto si riseppe anche a Umbertide, e in tutti i luoghi che l'avevano vista bambina e poi ragazza, su su fino a Pietralunga, Ponte Felcino, Montecastrilli, Pontepattoli, Preggio, il Corvatto... l'Elvira ha pianto!

Un appartamento in paradiso

Zio Leo telefonò a Don Ignazio:

«Situazione favorevole. Non perda tempo.»

Ma don Ignazio lo sapeva già. Il suo olfatto ecclesiale aveva già fiutato la paura dell'inferno. La casa è sua, ce l'ha già in tasca. Da troppo aspettava questo momento.

E come i mostri preistorici dissimulati nel terriccio d'un tratto alzano con fracasso la squamosa gobba con un barrito che fa tremare il cinema dopo essere stati acquattati 3 o 4000 anni, don Ignazio, ergendosi in tutta la sua avidità, piombò su di lei in cotta viola, per spaventarla meglio.

«Padre, mi confessi. Non solo ho ucciso mio marito. Ho un'altra colpa grave sulla coscienza, anche se fu solo un peccato di discrezione... Avevo diciotto anni, stavo in Albania con mio padre. Eravamo andati a portare la civiltà a quei pezzenti, che non ce ne furono mai grati. Che estati! Andavamo sullo Skumbini a cercare le tartarughe, le portavamo via in bicicletta e quelle dalla paura non sa quanta pipì facevano per la strada, certe risate! E avevamo pure il cuoco, un armeno circonciso di nome Nasippe, un pezzo d'uomo che ce lo invidiavano tutte, ma lui vedeva solo me. Mi adorava. Sragionava d'amore per me, la notte ululava come un lupo, ma questa è un'altra storia.

«Io avevo più corteggiatori che peli. Ma ero molto stimata perché stavo al mio posto. Ero l'unica ragazza seria, mentre le altre tutte delle gran… Gli albanesi dicevano: *Uomini italiani tutti dottori, donne italiane tutte puttane.* Ma io no. Io venivo portata come esempio. Io scherzavo con tutti, ma non la davo a nessuno. Volevo sposarmi, io. Un giorno, nel 1943, viene a trovarmi uno dei miei corteggiatori più fedeli, un giovane ufficiale – e con un'aria da tragedia mi fa:

«Devo dirle una cosa. Questione di vita o di morte. La dico solo a lei, perché è l'unica seria, l'unica che non disonori il Nostro Paese con un comportamento leggero, mentre le altre sono tutte delle gran zoccole. Dovete scappare, stanno venendo i nazisti.»

I nazisti, finalmente! Che notizia! Con quelle divise da ricchi, mica come quei cafoni di italiani con le facce da morti di fame, e se me ne sposavo uno magari finivo nella cerchia del Führer e hai visto mai che pure lui perdeva la testa per me come Nasippe, mi facevo una posizione, e glielo facevo vedere io a Umbertide, la facevo radere al suolo, se mi girava, e rispondo:

«Embe'? Non siamo alleati?»

«Sì e no. Cerchi di capire oltre le mie parole. Prenda il primo aereo e torni in Italia. Non perda tempo a fare i bagagli, se non vuole rischiare la morte… o peggio.»

«Noi dividevamo la villa coi Dessì, una famiglia di terroni, pieni di arie perché lei era nobile… nobiltà sarda, si figura? Io feci le valigie di nascosto, e mi guardai bene dall'avvertirli.»

«Perché?»

«Be' perché era un'informazione riservata! E io me l'ero meritata con la mia condotta in-te-ge-rri-ma. Che c'entravano loro? Io e mio padre prendemmo l'ultimo aereo per l'Italia. Quando arrivarono i tedeschi, la signora Dessì provò ad alzare la cresta anche con loro, finché un soldato perse la pazienza, la colpì col calcio del fucile in bocca e le fece saltare tutti i denti. I

Dessì alla fine riuscirono a fuggire. Ci misero due anni, lei, suo figlio Lelletto, gli altri due marmocchi e il marito, per tornare a piedi attraverso i Balcani. Si presero la scabbia, le pulci, la pellagra… Li vidi all'arrivo, coperti di pustole e stracci, pieni di pidocchi, e dissi alla signora *Ora non si dà più tante arie, eh? Scommetto che s'è scordata di essere una Nobildonna, N.D…*»

Il petto di lei era scosso dai singulti. Con orrore don Ignazio si accorse che la morente rideva. Al ricordo del suo trionfo sulla rivale, dopo 70 anni ancora le veniva da ridere. Altro che confessione, la vecchia sacrilega si era vantata, aveva celebrato le sue gesta. Dimenticando lo stile insinuante della romana chiesa, il prete esclamò:

«Ma lei è un mostro!»

«Ma avevo diciotto anni…»

«Ed era già così cattiva? Lei è a un passo dall'inferno, signora Bottoni. E solo una cosa può salvarla.»

A questa parole, entrarono l'avvocato Ballesio, e zio Leo in qualità di testimone.

Per garantirsi l'impossibile assoluzione alla sua anima nera, a Elvira Bottoni fu proposto di firmare un atto col quale cedeva i beni terreni alla chiesa, onde avviarsi leggera verso il cielo. Non lasciava la casa in eredità: la cedeva, subito.

Già con la penna in mano ebbe un dubbio, e la depose:

«Don Ignazio, io sto per morire. Ma hai visto mai dovessi campare, lei mi può cacciare via quando vuole.»

«Signora, le do LA MIA PAROLA di uomo e di prete che nessuno reclamerà la proprietà fino alla sua morte. Spero, il più tardi possibile.»

E le porgeva amorevolmente la penna, sussurrandole col suo fiato caldo, all'orecchio:

«Avrà un appartamento molto più bello, in paradiso.»

Ma Elvira esitava ancora.

«E lei – se per caso non muoio – continuerà a essere carino con me come prima? E a venire a pranzo ogni giovedì?»

Lui la rassicurò con eloquenza. Lei ritrovò un estremo guizzo di civetteria, e minacciandolo col ditino:

«Badi, che se poi mi trascura...»

Il prelato le rivolse uno sguardo da vatican gigolò da rimescolare il sangue.

La vecchia firmò.

Don Ignazio si raccomandò di non dire niente a Carlo e Delia. Era inutile inquietarli per una cosa tanto di là da venire.

L'undicesimo giorno

Zio Leo godeva in silenzio. Si vendicava di Carlo perché era bello. Alla morte della madre si sarebbe trovato senza un tetto, perdendo il suo ultimo rifugio. Quanto a lui, non ci rimetteva niente. Aveva firmato col parroco una scrittura privata, dove il primo piano restava di sua proprietà. Esattamente quanto gli sarebbe spettato in eredità, una volta fatte le divisioni col fratello.

Delia, all'oscuro di tutto, voleva occuparsi della nonna come aveva sempre fatto.

Carlo non lo permise: lei doveva solo pensare a riguardarsi.

Vegliò lui sua madre, con l'infermiera (una lucente bellezza estone di cui, preso dalla pena, non si accorse) per dieci giorni, durante i quali Elvira ebbe a sfiorare la santità. Il figlio assisteva affascinato alla impensabile metamorfosi: ella aveva una parola buona per tutti.

L'undicesimo giorno la nonna tirò la padella in faccia all'infermiera, perché secondo lei aveva rivolto alla foto del nonno un'occhiata lubrìca.

Stava meglio. Fu dichiarata fuori pericolo.

Presto uscì dal letto, fresca come una mela.
Ma le mancava Alvaro.
Ora le scenate di gelosia le faceva alla sua foto, che aveva incorniciato d'argento. Rispondeva al posto suo. A volte con strafottenza, rivendicando i suoi peccati. Altre lo faceva pentire, gli faceva chiedere perdono, si faceva dire che era bellissima. E allora da sopra il vetro gli carezzava le guance.

19
I Will Survive!

Il complotto

Dal giorno delle analisi, dopo la sua paradossale reazione di esultanza, alle spalle di Delia si era creato tutto un lavorìo sotterraneo per costringerla a curarsi.

Cosa mai vista sotto il sole, Dudù e Carlo si erano alleati.

L'uno per amore l'altro per rimorso, facevano piani su piani per salvare quella testarda.

Si vedevano di nascosto in casa di Dudù, e stava nascendo una mezza simpatia.

Dudù comunicava scrivendo sul computer.

Per Carlo non era poi solo rimorso. In quella cotenna mondana si era fatto strada un po' di sentimento. La sua vanità era così solleticata da sfiorare la passione.

«Parliamoci chiaro, Dudù: lei non si vuole curare perché io non l'ho amata abbastanza, perché c'è Nadia. Si vuole suicidare PER ME, capisci? È la sua ultima danza d'amore, che egoista sono stato… se tornassi indietro…»

E piangeva, e dava bacetti a Dudù (*per via che era muto lo trattava come una bambola*). Vuole morirmi sotto gli occhi col sorriso sulle labbra… che donna! Che coraggio! Che tempra!

La sto scoprendo solo ora. Se sapevo che era così, quando mai la lasciavo? A vederla non le daresti due soldi, e invece... è un'eroina romantica, mia moglie.»

"Ex" puntualizza Dudù.

E Carlo, commosso:

«Ma sai che ti dico? Se la salviamo, io torno con lei come un marito vero, e al diavolo la Nadia!»

Quando diceva così Dudù ammutoliva, ovvero non scriveva più sul computer.

Tornava loquace solo quando si arrivava al punto: che fare?

Parla che ti parla, avevano preso una decisione grave. Non restava che il ricovero forzato. Cocciuta com'era, disperavano ormai di convertirla alla vita.

Troppo impegnati a cospirare, non si erano accorti che Delia si era convertita da sola.

La scomparsa del nonno l'aveva fatta rinsavire. Le veniva da chiamarlo per pranzo e si ricordava che non c'era. Sentì il vuoto. Sentì la morte.

Desiderò di prepotenza un contatto col defunto. Non credeva davvero che potesse risponderle, le bastava l'apparenza. Cercò un mago per essere ingannata. Non fu facile trovarlo, li stavano arrestando tutti. Delia non capiva: ma com'era possibile che in una società fondata sulla truffa si perseguitassero quei poveri benedetti venditori di illusioni a 50 euro?

Ne trovò uno alla fine, ma non era abbastanza bravo da gabbarla, e rimase col suo sgomento.

Una notte si svegliò terrorizzata. Stufa di stare al mondo? Chi, lei? Ma se darebbe un occhio per tornare come prima – trascurata, calpestata ma in salute! Sarebbe pronta a peggio, molto peggio, come in quella canzone di Serge Reggiani, dove è un moribondo che parla:

Vivre, vivre
Vivere, vivere
Même sans maison même sans souliers
Anche senza casa anche senza scarpe
Vivre, vivre
Vivere, vivere
C'est ma dernière volonté!
È la mia ultima volontà!

Dottori

Delia aspettò fremendo che fosse mattina per chiamare il dottore.

Mentre stava per alzare il telefono sentì un immane casino per le scale, risate, singhiozzi, esclamazioni, urla...

Si affaccia e sono tutti lì, e parlano tutti insieme. Carlo e Dudù la vedono, attaccano una corsa per le scale a chi arriva primo, la baciano la ribaciano se la contendono e come scolari ridendo dandosi fra loro ammiccanti calcetti e pizzicotti, raccontano. Erano andati dal dottore per saperne di più.

Insospettiti dalla sua reticenza, lo hanno torchiato con metodi da telefilm, ed è venuto fuori che le analisi erano sbagliate – quel delinquente lo sapeva ma esitava a dirlo, per non ammettere l'errore – ma quel che conta è che lei sta benissimo! È sana come un angelo, è salva...

Delia stava lì pensosa – con una faccia così-così – delusa?

Ma subito dopo spiccò un salto di due metri e si scatenò a cantare quella impertinente canzone di Gloria Gaynor,

I WILL SURVIVE!

Poi a trottola riempì un vassoio e camminando a scivolo servì la colazione alla famiglia.

E tutto ricominciò come prima. Carlo si dimenticò di lei e riprese a uscire con Nadia liberato da un peso, la nonna a tiranneggiarla, Dudù a guardare in cagnesco Carlo, il negozio ad andare di male in peggio... E Delia a sgobbare come un'asina. Solo che adesso era sempre contenta.

Gli effetti del dolore

La conseguenza più grave toccò a Mao.

In seguito alla notizia Stella era diventata scostante. Mao se ne lagnò.

«Be' che c'è? Allora mi volevi bene solo perché mi moriva la mamma?»

«Sono contenta per lei. Però, è un destino! Tu, almeno, pure quando dici la verità è una bugia.»

E gli rinfacciava di Clelia ogni momento.

«Ti giuro che con lei non è mai successo niente.»

«Ma solo perché non ti vuole!»

E se ne andò un'altra volta.

Dopo la malattia di sua madre, per la seconda volta Mao sperimentò il dolore. Si sentì vicino a Werther. E non aveva più nessuno con cui confidarsi, perché Tony, adesso che stava con Alberto, era meno disposto a passare al telefono con lui quelle due o tre ore.

Mao è in camera sua, a tavolino, dietro una pila di libri, concentrato, curvo, come si stesse facendo indefessamente le solite canne. Invece scrive come un matto.

Pensando a Stella, scrisse la sceneggiatura del Werther in una notte, e per la prima volta si dimenticò di fumare. All'alba, l'opera era quasi compiuta.

Era giorno fatto quando venne er Pomata (personaggio a noi sconosciuto ma conosciutissimo presso i consumatori di cannabis) per la rifornita settimanale. Mao si serviva da lui, adesso: da quando aveva messo su casa con Alberto, Tony aveva pure smesso di spacciare.

Er Pomata, vestito con ricercatezza, capelli da rasta, guarda Mao che non sta in sé, e cammina per la stanza senza stare fermo un momento.

«Ma chettesèi fumato, oggi?»

Mao afferra i fogli

«Ecco chemmesò fumato! Ho scritto un capolavoro! Un film d'amore... lei si sposa un altro, e lui si spara! Non so come troverò i soldi per realizzarlo, ma intanto è bellissimo... Vuoi sentire, illetterato? Vuoi che ti levo dal buio dell'ignoranza?»

A Er Pomata si fece il mondo nero. Si nutriva di fiction e aveva una vera fobìa per la parola scritta. Ma accettò per non scontentare il cliente. Si preparava a un'ora di catalessi. Però, mano a mano che l'altro leggeva si faceva sempre più attento.

Quando Mao ebbe finito, la faccia tosta der Pomata era sconvolta dalle lacrime.

Proruppe

«È una bomba! È meglio d'una telenovela! Non ho pianto così manco per *Vento di passione*! Te lo finanzio io, Il Verte!»

«Tu?»

«Sì, io! Sarà il mio riscatto intellettuale... mi chiameranno dottore. Diventerò il dott. Er Pomata!»

«Ma ce li hai i soldi?»

«Altroché! 200.000 euro in bot.»

«E come hai fatto?»

«Io la robba la vendo, mica la fumo.»

Il primo pensiero di Mao è dare la notizia a Stella. Risponde la segreteria:

«Vi chiamerò se ne avrò voglia. Ma se è Mao, vorrei essere chiara: vaffanculo.»

Clelia e Stella

Ed ecco inaspettata arrivò Clelia, maometta che si attendeva dalla montagna un entusiasmo senza freno.

«Non ti aspettavi che venissi da te, eh?»

Mao rispose un:

«No...» un po' imbarazzato. Clelia lo trova freddo, e ciò la infiamma. Gli chiede un tè, allusione ai loro pomeriggi galanti.

Mentre sono in cucina davanti alle tazze fumanti lui sta sulle spine, guarda l'orologio, sembra trattenersi per cortesia, il pensiero altrove.

Ma Clelia ha un ego da sfondare il pavimento, e ridacchia. Lo conosce, lei: è solo tattica, per farle pagare anni di rifiuti. Socchiude gli occhi, lo osserva di tra le lunghe ciglia. Quattro chiacchiere e mi casca ai piedi. Si dà 3 minuti di tempo, massimo 5.

«Mao, tieniti forte, cerca di non svenire. Ho deciso. Voglio essere la Carlotta del tuo Werther... e la Clelia del mio Mao. È troppo tempo che ti faccio soffrire. Ora basta.»

Spalanca le braccia, chiude gli occhi..

Li riapre: Mao non si è mosso. Lei:

«Che ti prende? Troppa emozione, eh?»

«Sapessi quanto ho sognato questa scena...»

«Lo so.»

«Be', e adesso che è successo... non me ne frega niente.»

Clelia salta in piedi, orribilmente offesa:

«Cheee? Ma sei impazzito? TU ti struggi per ME! L'altra non conta niente!»

«A parte che lo fai solo per vendicarti di Alberto... Sai che c'è? Tutto quell'amore per te... era solo una scusa per non studiare. Perdonami, ho abusato della tua immagine. Eri un pretesto, un fantasma, un playgame. Io vado da Stella.»

Mao esce. Clelia gli tira la tazza di tè bollente, becca Delia che sta entrando e intanto grida furiosa:

«Maoooooooooooo!!!!!!!!!!!»

Mao suona al citofono di Stella. Lei non lo fa parlare:

«Lo so che hai visto Clelia. M'ha appena telefonato. Dice che ti ha respinto per l'ultima volta. E tu vieni a piangere da me?»

Come sa ogni bugiardo, appena cominci a dire la verità non ti crede più nessuno.

Mao fu scacciato.

20

Disgrazie e fortune

Disgrazie

Don Ignazio non mantenne la promessa. Qualche tempo dopo che la nonna aveva firmato il famoso atto, le arrivò una lettera che le comunicava come,

essendo lo stabile di proprietà della parrocchia, gli abitanti del medesimo erano tenuti a sgomberare, persone e cose, entro 30 giorni dalla presente.

Ma non arrivò mai a destinazione: zio Leo la intercettò e la fece sparire, perché la sua cattiva azione fosse completa. Voleva che il fulmine colpisse Carlo all'improvviso, senza dargli nemmeno il tempo di sistemarsi altrove.

E così accadde. Un giorno a casa Bottoni si presentarono due uscieri di modi forbiti. Due vecchi compagni di collegio che avevano coltivato altri sogni, gente con le poesie nel cassetto, che si vergognava di quel compito e nell'eseguirlo ci metteva tutto il rimpianto di una vita più elegante. Con parole leziose espressero alla famiglia Bottoni la preghiera di sgomberare entro 24 ore. Se avessero tardato, sarebbero incorsi nel reato di occupazione abusiva, rendendo necessario l'intervento della forza pubblica che li avrebbe *rimossi d'autorità*, cioè cacciati con le brutte.

Carlo e Delia si precipitarono dalla nonna per sapere come stavano le cose.

Lei disse solo:

«LUI non può farmi questo. Non ci credo.»

Ci credeva invece. Era annientata. Indossò il cappello con la veletta, uno spruzzo di *Fruit de la passion* e andò in parrocchia. Non si fece annunciare.

Aprì con un colpo di bastone la porta di don Ignazio che stava guardando la partita in TV, e cominciò a gridargli tutti gli insulti che sapeva, da ciurmadore a seducivecchie a culopelato.

L'aria innocente del prelato la fermò.

Don Ignazio le prese la mano con devozione, e guardandola a fondo negli occhi

«Lei ha dubitato di me, signora Elvira? Come ha potuto credere che IO volessi cacciarla? Mi scusi la fretta, questo sì. Urgono dei lavori, e sono stato costretto a metodi bruschi. Ma l'ingiunzione di sfratto vale solo per gli altri. Lei resterà nel suo appartamento.»

Lei, la generosa benefattrice, avrebbe abitato in canonica, amata e venerata.

E loro due si sarebbero visti tutti i giorni. Altro che pranzi del giovedì!

L'Elvira si vide alla finestra, incorniciata dai gerani, che lo salutava quando tornava dal suo giro di raccolta. La sera avrebbero contato insieme i soldi della questua... Sarebbe diventata la regina della parrocchia. E le parve che tutto, anche la morte del povero Alvaro si iscrivesse in un amoroso disegno della provvidenza, perché lei avesse a trascorrere gli ultimi anni accanto a don Ignazio. Diavolo di un prete! Tanto ha detto e tanto ha fatto, che alla fine andranno a vivere insieme. Un matrimonio segreto, come nell'opera di Cimarosa. Altro che truffa.

Tornata a casa fu altèra con i suoi familiari che stavano preparando i bagagli, e la accusavano di tradimento.

Delia Carlo e Mao si ritrovarono fuori di casa, seduti sulle masserizie, perplessi, senza sapere dove andare a sbattere. Il marciapiede era quasi interamente occupato dai quadri cerchiettisti. Carlo, guardandoli, ebbe un gesto da Mosè:

«In mezzo a una strada... e dire, qui ci sono i miliardi!»

E indicando uno per uno i suoi quadri tutti uguali:

«*Memorie malvage*, quotato 300.000 euro – *Delirio*, 250 – *Vangelo secondo Maria*, 200 – *Gelosa di Majakovskij, Dispetti divini, Povera bambina, Buona notte angelo, Il principe volante*, 100 l'uno!»

Passarono la notte in merceria, mezzo soffocati dai quadri che occupavano quasi tutto. Dudù portò thermos e coperte. Il giorno dopo li sistemò a casa di un amico che era in viaggio.

Altre disgrazie

Girava proprio male.

Er Pomata fu arrestato.

Si trovava tranquillo a casa sua, fra mattoni di hashish e pacchi di soldi, attendendo al suo interesse fondamentale: i capelli.

Stava plasmandosi con indicibile affetto la pettinatura da rasta, quando ai lati dello specchio apparvero due carabinieri che lo afferrarono. Disse:

«Fermi, c'è un errore! Io so' er dottor Pomata, faccio il produttore!»

Lo portarono via, mentre gridava inascoltato:

«Almeno fateme fini' de fa' li ricci!»

Dovette finirli in cella dove, senza i raffinati strumenti che si era fatto pervenire con spesa dalla lontana Giamaica gli vennero malissimo, mezzi storti o troppo grossi o troppo stretti, ciò che lo rese più triste della prigione.

Così sfumò il finanziamento del Werther.

Anche la nonna ebbe la sua.

Appena nella ex casa Bottoni cominciarono i lavori per la canonica, don Ignazio la spedì al ricovero, tenuto da un amico fidato, che condivideva la sua visione del mondo.

La nonna scese le scale coi capelli pettinati all'indietro, come Greta Garbo nell'ultima scena di Mata Hari. Due infermieri alti come porte la scortavano.

Desiderò essere forte come il verde Hulk per distruggere in un sol colpo le sue rose predilette, perché l'usurpatore non avesse a goderne.

Ma aveva due deboli mani da vecchia e le bastarono per coglierne una, appena sbocciata, nemmeno la più bella, di un rosa malinconico come un'alba perduta – che rischiarò timidamente lo squallore dell'ambulanza, preludio a ben altro carcere.

Dalla finestra del primo piano zio Leo con infamia superflua la salutò con la manina. Lei fece finta di non vederlo.

Ma a zio Leo non andò meglio. Fu cacciato anche lui, dopo che l'avvocato Ballesio gli ebbe dimostrato l'inconsistenza legale della sua scrittura privata per rimanere nella canonica. Quando protestò col prete, costui guarnì il suo imbroglio come un provvedimento morale, e gli disse severo:

«Questo è il *praemium peccati*. Così impari a tradire la tua famiglia.»

Ancora disgrazie (meritate)

Zio Leo allora ricercò il Biondo e il Moro, i due tipi che lo avevano pestato per conto degli strozzini, onde si occupassero del parroco. Gli fornirono il loro dépliant. Zio Leo studiò attentamente le tariffe.

Euro	250	per rompere	1 gamba
"	400	" "	2 gambe
"	650	" "	2 gambe e 1 braccio (a tre arti si beneficia di uno sconto di euro 50)
"	1000	" "	2 gambe e 2 braccia
"	1500	" "	2 gambe e 2 braccia + sfregio passeggero
"	2000	" "	2 gambe e 2 braccia + sfregio permanente
"	4000	" "	tutto.

L'ultima voce lo tentava. Ma sapeva che i picchiatori della teppa monarchica erano meno cari. Sì, però quelli per castigare un prete chiedevano un supplemento così salato che alla fine venivano a costare di più. Faceva conti su conti. Mentre lottava con la sua avarizia, i due professionisti che non avevano tempo da perdere si accordarono con don Ignazio. Egli non badò a spese per mettere fuori combattimento quel seccatore. Ma fu clemente, e per rispetto del proprio abito scelse l'opzione n. 2, accontentandosi di fargli rompere 2 gambe. Zio Leo finì all'ospedale. E lì lo lasciamo, perché di lui non ce ne frega più niente.

Fortune

I Bottoni se la passavano male. Nadia vedendo Carlo in difficoltà si era eclissata, e Delia aveva sempre la spalla destra umida (quella su cui le piangeva l'ex-marito).

Anche il negozio si svuotò, davanti alle difficoltà amici e conoscenti si comportarono come i sorci da dispensa. La povertà economica smaschera la povertà dei sentimenti, e rimasero soli. Dudù passava sempre più spesso da zia Lina per far fronte alle necessità della famiglia.

Poi successe un miracolo: morì Juanito Triglia, l'artefice della effimera fortuna del cerchiettismo. Quando si vide in fin di vita, l'illustre critico manifestò il suo pentimento verso gli artisti che aveva illuso, e decise di intestare a loro la sua notevole fortuna. Certo erano tanti, e c'era poco da stare a tavola.

Carlo andò a trovarlo per l'estremo saluto.

Sui cuscini c'era Juanito, morente.

Carlo, al suo capezzale, disegnava con accanimento su un taccuino i soliti cerchietti.

Juanito sussurrò:

«Perdonami, Carlo!...tu eri il più cane di tutti… gli altri almeno un barlume di talento lo avevano, ma tu, proprio, niente! Lascio a te la fetta più consistente del mio patrimonio, perché sei stato il più danneggiato… ora che sarai ricco, ti prego: smetti! Giuramelo…»

Carlo gli porse il suo disegno. L'altro lo prese con mani tremanti: era il suo ritratto, tutto a cerchietti. Il critico trascolorò – con un'ultima scossa di energia si drizzò sui cuscini, esclamando

«Ma è GENIALE! Sono io, sputato! Sta alla pari col ritratto che Picasso fece a Paul Eluard!»

E spirò.

Mai più sarò amico delle rose

Appena mise le zampe sull'eredità, Carlo acquistò una villa da cinema. Un prato smisurato rasato a cerchietti, e ovunque belle rose. Ci portò a vivere Delia Mao e anche Dudù.

Che c'era andato per stare vicino a Delia, e proteggerla, ma gli faceva schifo tutto.

I segni di benessere, le rose sempre più rigogliose, il bianco tavolo da giardino coi resti della colazione, l'elegante cameriera che stava sparecchiando, quell'aria da fidanzato che aveva preso Carlo con la sua ex-moglie.

I superpoteri lo avevano abbandonato. Lì faceva solo il giardiniere, e male. Era di una lentezza insopportabile. A potare un cespuglio ci metteva dall'alba al tramonto, impiegava una settimana in cose che richiedevano mezz'ora.

Per il dispiacere di vedere i due ex sposi andare così d'accordo aveva preso un'aria un po' tonta.

Quando Delia gli parlava corrugava la fronte, come se fosse diventato anche sordo.

Delia provava col linguaggio dei sordomuti, ma lui sembrava non capire più nemmeno quello, con una ostinazione che la mandava in bestia.

«Ma sei diventato stupido tutto in una volta?»

Questo Dudù lo capì: e fece segno di sì, senza offendersi.

Carlo arrivò alle spalle di Delia. Le porse una rosa:

«L'ho capito tardi, ma l'ho capito. Per me ci sei solo tu. Tu cucini, spazzi, rammendi, mandi avanti il negozio, ti vesti con poco, non spendi in cosmetici... quell'altra, invece, pretende. E visto che è bella mi fa pure becco. Non si vede, eh, ma porto certe corna... Ora che la mia vita è cambiata, voglio te al mio fianco!»

Dudù che li spia da dietro una siepe, strappa con furia ciuffi di rose, le calpesta le sfregia le squarta, e recita con le mani, a se stesso, una poesia di Algernon Charles Swinburne

O amore, mio amore, se tu mi avessi amato!
Fermi come le stelle saremmo stati, e ci saremmo mossi
Come si muove la luna, amorosa del mondo.
Se la sorte fosse stata buona con noi, e non lo è stata.

La pienezza del tempo ti avrei dato e la vita per giunta,
se una volta per un'ora fossimo stati una cosa sola.

Sì lo so bene: se un giorno fossi stata mia
Mia nel pulsare del sangue, mia nel respiro
Non il tempo, che dice e nega
Non tutte le cose forti ci avrebbero diviso allora,
non tutte le cose terrene, non tutte quelle divine,
non la gioia né il dolore, non la vita né la morte.

Mai più sarò amico delle rose.

Rinadia

Delia si rigirava in mano la rosa e guardava il Marito Ritornato. Così lo aveva sempre voluto. E quando si è desiderata una cosa per tanto tempo ci si mette un po' a capire che non la si desidera più, e si portò la rosa al naso. Il profumo di quel fiore le parve la felicità.

Si udì un colpo di claxon.

Fuori del cancello c'era Nadia con la sua macchina rossa, attratta dall'eredità come il gatto dal pesce.

Carlo strinse la mano a Delia, rassicurante.
«In cinque minuti me ne libero.»
Parlarono, lui in piedi, lei dal finestrino.
Dopo cinque minuti Carlo salì al suo fianco e partirono a razzo.

Delia rimase con la rosa in mano.

Bueno, te retiro

Il lieto fine arrise invece ad Ambra. Dopo che il tribunale aveva dato ragione al marito costringendola a passargli gli alimenti, le era venuta l'ulcera. Attacchi furibondi la costringevano a strapparsi dal letto per correre in farmacia.

Era notte. Stava comprando la medicina nella farmacia deserta. Entrò un uomo sui 50, morbida chioma rossa, vestito come un barbone, elegante come un duca, bello come un Irish Setter.
Si guardarono, colpiti – ma timidissimi entrambi, non osavano parlarsi.
Ambra pensò:
"A questo sì che gli passerei gli alimenti!"
In quel momento lo sconosciuto non resistette più, e dicendole:
«Permette?»
Le alzò i capelli, le scoprì le orecchie, e diede in una esclamazione di entusiasmo:
«Proprio come immaginavo! Piccole, perfette, di madreperla…»

Come in una fiaba, per le vie disabitate, nel silenzio della luna, Ambra camminava al braccio dello sconosciuto. Egli le domandò

«Quanto guadagni?»

«4000 euro al mese.»

«Bueno, te retiro. Sono il barone Juan de la Pierna, pieno di soldi, e voglio essere amato anche per quelli! Il danaro è potenza, imaginaçión, sueño, amor creante...»

In seguito si rivelò il solito disgraziato, ma le voleva bene veramente.

Capri

Carlo e Nadia stettero via dieci giorni. Stavolta a Capri. L'isola nevrotica l'isola cupa l'isola senza mare, dove per fare il bagno devi avere una barca di venti metri e girare girare per trovare una spiaggia di due, l'isola senza isolani tutti divenuti ascari dei ricchi, l'isola ideale per i suicidi, dove mentre arrivi ti dicono "da lassù Tiberio buttava i suoi amanti quando era stufo", e non vedi effettivamente altro uso per quei roccioni incombenti.

In quell'isola qualcosa cambiò fra loro. Avvenne ai due amanti qualcosa che non era mai *del tutto* accaduto prima. Carlo si sottomise a lei, completamente, come in un rito sadomaso da pornoshop dal finale immutabile. Il leggero Carlo si votò a Nadia, dandole in mano la sua vita come un aggeggio troppo complicato che rinunciasse a far funzionare. Ogni fastidio consegnò a lei, dall'organizzazione della sua giornata alla dieta al numero di cerchietti nei quadri, a tutti i suoi averi (notevoli grazie a Juanito Triglia), ai sogni.

Solo una cosa Nadia non riuscì ad ottenere: che Carlo rinnegasse del tutto Delia.

Nella sua estrema viltà egli si lasciò quel minuscolo gesto dignitoso, che non servirà ad assicurargli il paradiso ma va tuttavia segnalato, e non le consegnò la sua ex moglie. Si rifiutò di ammettere che era una *donnetta* (l'espressione favorita di Nadia, la sua unità di misura, parente della *mezzacalza* di zio Leo), perché aveva capito che non lo era.

Ma per tutto il resto, sperimentò l'ebbrezza di non appartenersi più, di affidarsi a qualcuno che sapeva il fatto suo, mentre lui, non voleva saperlo.

L'avvocato Ballesio fu convocato a Capri. Sbarcò in shorts bianchi e cappello coloniale, pedissequamente ispirandosi all'esploratore Livingstone. Lo accompagnava il cognato, in pantaloni a fiori e zoccoli, notaio.

La caduta

Quando tornarono, la villa apparteneva a Nadia. Si era presa la casa col marito dentro.

Ma queste erano solo le soddisfazioni apparenti: ciò che davvero la esaltava e faceva battere il petto con grida smodate allo scimmione vittorioso che aveva dentro, era l'occasione di schiacciare Delia.

Per l'unica volta in vita sua Nadia si macchiò di idealismo, e antepose le persone alle cose: umiliare quella rivale inadeguata valeva per lei più di essersi accattata la casa e gli altri beni materiali di Carlo. Quel villone le parve niente, davanti al piacere di cacciarne gli abitanti (in questo diversa dal suo fratello spirituale, don Ignazio, che, più laico, badava al sodo).

Appena arrivata Nadia mandò via Delia, sorvegliandola come una serva ladra mentre faceva le valigie, tante volte dovesse portarsi via un portacenere o una salvietta.

Mao non c'era. Passava la vita sotto la finestra di Stella, sperando che si aprisse.

Nadia fece scortare fuori Delia dalla cameriera elegante, che il carisma della nuova padrona aveva trasformato in un doberman altezzoso.

Poi spiò dalla finestra la sua faccia in pena.

Dudù era sparito. Per non subire quella umiliazione, si disse Delia. La amareggiava assai che l'avesse lasciata sola proprio nel momento peggiore.

Nadia la guardava e non si saziava della sua immagine di tapina, davanti alla povera valigia, aspettando un taxi che non arrivava mai, prolungando quella triste scena di disfatta...

L'ascesa

Carlo non ebbe il coraggio di salutarla.

Stava chiuso in camera, aspettando il rumore di motore che metterà fine al suo imbarazzo.

Ma fu costretto ad uscire, perché fuori stava accadendo qualcosa di molto strano.

Invece del taxi, davanti alla senzatetto si fermò una rutilante Limousine lunga come uno squalo. Ne scese un autista gallonato in uniforme impeccabile, testa rapata e stivali, identico a Erich von Stroheim in *Viale del tramonto*. Con un inchino aprì la portiera a Delia.

Intanto un camion coperto da un telo dorato si era affiancato alla macchina. Il telo fu tirato via... rivelando un'orchestra che iniziò ad eseguire con maestria la sinfonia n.38 in re maggiore di Wolfgang Amadeus Mozart. C'era anche un pianoforte. E chi lo suonava come un giovane Rubinstein? Dudù.

Quando la macchina si mosse, piano piano, la seguirono il camion e la sinfonia, e quella cacciata che doveva essere infame divenne una lenta marcia di trionfo.

Ma non era finita. Dopo un centinaio di metri la Limousine si fermò, in modo che dalla villa si potesse vedere bene, e l'erba fu schiaffeggiata da un elicottero che stava atterrando.

Ne scese un moderno lacché, che si avviò cerimonioso verso Delia, mentre il camion – orchestra scompariva sulla strada seminando folate di musica.

Von Stroheim le aprì la portiera. Lui e il lacchè la invitarono a salire sull'elicottero con tale deferenza, da intrecciare le mani in quello che i bambini chiamano Banchettin del Papa. Vi issarono Delia, e fu così che la trasferirono a bordo del velivolo, senza che i suoi piedi trattati come divini avessero a toccare terra.

L'elicottero si alzò, seguito dallo sguardo di Nadia e Carlo, impietriti.

Che dire dei loro nasi in aria?

Quello di Nadia si piegò come un ghiacciolo al sole, quello di Carlo si schiacciò a becco d'oca e così gli rimase per un pezzo, tanto da renderlo socialmente inservibile, e per le feste mirate che Nadia diede in seguito, fu costretta a chiuderlo in solaio.

Lei si sentì un nulla. E lui, escluso da qualche magico finale. Ebbe nostalgia di quella strana creatura che era stata sua moglie, ma ormai si era consegnato senza ritorno.

Videro Delia scomparire fra le nuvole, come assunta in cielo. Ma chi? Ma perché? Ma come? Chi aveva così a cuore la sua sorte?

Zia Lina

La più frastornata però era Delia, in elicottero. Non capiva se era stata rapita o beneficata o cosa. Quelli dell'equipaggio non aprivano bocca. La trattavano come una principessa regnante, ma zitti.

Appena fuori tiro dagli sguardi degli abitanti della villa, l'elicottero atterrò in un spiazzo sfogliando molti papaveri.

Ai lati della strada lo aspettava Dudù, sul furgoncino della merceria.

Abbracciò Delia, ridendo:

"Mi perdoni questo piccolo scherzo... ma non potevamo dargliela vinta. Mi perdoni la Limousine, l'elicottero... so che questi lussi ridicoli non le piacciono... ma a loro sì. È quella la loro misura del romanzesco. Poveracci. Quello era per LORO. Questo (indicò il furgone) è per NOI."

«E in quel noi tremava una malinconia di cigno – la paura che lei non avrebbe apprezzato. Delia era tramortita dallo stupore.

«Ma... come hai fatto?»

"Stavolta zia Lina ha superato se stessa."

Dudù avviò il motore e partirono, alla volta della merceria.

E finalmente ricominciarono i loro discorsi senza fine.

Dudù per una volta si vantò. Con una mano guidava con l'altra parlava, ma nella foga del discorso ogni tanto abbandonava il volante.

Il colpo di Nadia aveva colto tutti di sorpresa, ma non lui.

Altro che tonto! In quella casa egli era stato un agente segreto nel pieno delle sue funzioni. Aveva sorvegliato prima Carlo con una tecnica da millepiedi, insinuandosi dappertutto. E poi lui e Nadia, a Capri, coi potenti mezzi di zia Lina. Che aveva degli amichetti alla Digos, e nell'aeronautica.

"Io non mi sono distratto mai, mai. Come mi raccomandava il nonno Amedeo, che si credeva Dio e forse lo era, un giorno le dirò perché..."

Un altro sogno

Ascoltandolo Delia si addormenta, come un gatto sotto le carezze.

Sogna di essere Cappuccetto Rosso e di accostarsi al letto della nonna.

Ma sotto la cuffia spunta la fisionomia pelosa del lupo: è Dudù.

È un lupo buono, non vuole mangiarla. Le lecca la faccia, la carezza con gli unghioli tenui come piume, e col suo muso lungo dal quale esce una voce meravigliosa, le avanza una formale richiesta di matrimonio:

« Io ti sposo, Delia. Non puoi scapparmi. Ci piace troppo il cinema, a tutti e due.

«Finalmente a ruota libera. A te non dirò bugie.

«Sì, una creatura romanzesca e insostenibile come te, perché quando ti abbatti sul petto di un uomo, è per sempre.»

21

La confessione di Dudù

Il paese di acchiappacitrulli

Quando Delia e Dudù arrivarono al negozio, fu impossibile entrare: sulla porta c'erano i sigilli. Si videro venire incontro con passo scaltro l'avvocato Ballesio e il cognato notaio. Entrambi in blazer, con monete d'oro al posto dei bottoni.

Mostrarono delle carte: la merceria non apparteneva più a Delia. Grazie a un qualche nauseante bruzziglio legale, ora era di proprietà di Nadia (capriccio di collezionista: si era accorta che di appartamenti ne aveva tanti, mercerie nessuna).

Delia ritrovò la parola:

«Ehi, siete pazzi? Ma che è il paese di Acchiappacitrulli?»

«Sì.»

«Guardate che c'è la galera! È un furto immondo!»

«Ma un furto legale. Abbiamo fatto le cose tanto bene, che per avere giustizia ci vorrebbe la supergrana. Ce l'hai? No. E allora abbozza.»

«E la merce?»

«Confiscata, per irregolarità. Le suore Ignorantine vi hanno denunciato per certi collettini a punto allodola, mai pagati.»

A Delia spuntarono le lacrime. Dudù le sussurrò:

«Non gli dia soddisfazione.»

Ma Delia aveva perso la testa, piangendo si inginocchiò davanti al suo negozietto e grattava la porta, come un cane scacciato.

Dudù si sentì trapassare il cuore. L'avvocato e il notaio invece se ne andarono a braccetto, come il Gatto e il Gatto.

Dudù rialzò Delia, che si lasciò abbracciare come un cappotto vuoto, e chiese:

«Ma com'è possibile?»

«Carte false, corruzione, false testimonianze e altri intrugli.

«Si chiama liberismo: chi più paga vince. Ahssì? (Fosco) Adesso ci penso io...»

Delia scosse la testa. Povero ragazzo che poteva mai fare contro le truffe del capitale?

Dudù la sistemò in un baretto col pergolato, e guizzò via come una superlucertola.

In capo a tre ore, con un inchino, Dudù faceva rientrare Delia nella merceria: di nuovo sua, con tanto di carte bollate e sentenza del tribunale.

E i due lestofanti?

«Li ho fatti arrestare» disse sobriamente Dudù.

E sembrava non avesse altro da raccontare.

Ma Delia lo pretese con la violenza:

«Ehnnò, stavolta mi dici tutto! Voglio sapere come hai fatto! In tre ore manco Batman e Robin ci riuscivano! L'imbroglio sventato, quei due in galera... e che, è venuto il regno del bene? E non mi tirare fuori Zia Lina! Non la bevo più! Avanti, parla! Chi sei, Dudù?»

Dudù taceva, cioè teneva le mani in tasca per non rispondere.

«Voglio LA VERITÀ! Subito»

«Non posso. La deluderei troppo.»

«A me non importa chi sei, ma lo devo sapere! Sei un capomafia? Un ladro internazionale? E.T.? Una spia? Harry Potter? L'amante del Papa? Allora?

Dudù con un sospirone:

«E va bene. La resa dei conti è arrivata. Sarò costretto a rivelarmi.»

«Oh, era ora!»

«Le dirò tutto, a patto che non mi interrompa.»

La scoperta di nonno Amedeo

A testa bassa, senza il coraggio di guardarla, Dudù cominciò la sua confessione.

«Altro che Harry Potter. La mia è la più povera delle bacchette magiche: sono ricco. Senza fondo. Ma partiamo dall'inizio: sono un trovatello. Fui abbandonato sulla porta di una banca, e mi raccolse nonno Amedeo, che mi adottò. Era questi un leone dai capelli bianchi con due occhi luminosi. Uno degli uomini più ricchi del mondo, e fra i più sapienti.

«Aveva un figlio, Osvaldo, negato per gli affetti, che odiava tutti e il padre specialmente, e cercò più volte di soffocarmi in culla. Ma il nonno mi protesse sempre. In me riversò l'amore che avrebbe voluto dare a quell'ingrato.

Alchimista dilettante, fu anche per difendermi da Osvaldo che mi trasmise le sue arti.

Mi insegnò a leggere nel pensiero e altre cosucce utili nei rapporti.

Nonno Amedeo mi diede tutto, quando ero piccolo. Una sola cosa mi negò: la fionda. Uomo di pace, aborriva ogni genere di armi, e rimasi con quell'unico desiderio inappagato.

Quando fui più grandicello la sera mi impartiva lezioni di economia leggendomi i romanzi di Balzac, perché imparassi i meccanismi del capitale.

Rimasi esterrefatto, scoprendo che ogni ricchezza è insanguinata, fondata sul crimine e sullo sfruttamento. Attraverso quelle pagine vedevo dietro di essa le morti e le ingiustizie che era costata. Mormorai

«Ma allora, anche la nostra...»

«Tutte meno la nostra» disse il nonno.

E confidò, a me solo, l'origine della sua fortuna: lui era senza colpa. Lui li fabbricava, i soldi.

Non era un falsario. Ciò che gli alchimisti avevano cercato nei secoli, il nonno lo aveva trovato: sapeva trasmutare i metalli in oro. E mi insegnò anche quello.

Sarebbe stato un segreto terribile per un fanciullo, se non mi avesse intanto ammaestrato su come non essere divorato dalla ricchezza.

Quando morì, lasciando a me il suo patrimonio invece che all'antipatico Osvaldo con la scusa che ero muto, decisi di vivere romanzescamente per riscattarmi dalla volgarità del danaro, secondo i suoi insegnamenti.

Passai davanti alla sua merceria, e la grazia della vetrina mi costrinse a fermarmi.

Era come una viola, che sta nascosta nel greto e la vedi solo per caso... Alzai gli occhi, vidi lei. Dalla vetrina le lessi nel pensiero,e capii che era lei il mio romanzo.

Ecco perché ero così veloce a fare le commissioni: pagavo. Pagavo tutti, per stupirla.

Taxi, mazzette, premi, una rete di persone che lavoravano per me, mezzi illimitati...

Certo, mi sono servito anche delle arti del nonno: il colonnello l'ho smascherato nel modo più semplice, leggendogli in fronte. Ma per fare ammettere Agata da Angela ho pagato quel dottorino schifoso e mezzo ospedale.

E il negozio andava avanti perché riempivo la cassa di nascosto, ma un poco lesinando, attento a non esagerare per non farla insospettire. Quante volte ho rischiato che mi cogliesse con le mani nel sacco, mentre facevo Robin Hood! Per fortuna lei è così distratta, e non sa fare due più due.

E anche le spese della sua famiglia. Occultamente mantenevo tutti, per amarla in segreto. Non posso immaginare un lusso maggiore.

E i 250.000 euro apparsi per miracolo... E questa operazione fulminea di riprendersi la merceria, e mandare dentro i due ladruncoli... Vince chi paga? Ho pagato più di tutti. La giustizia non si può avere? L'ho comprata. Ora può parlare.»

«Brutto imbroglione! Eri ricco! Così sono buoni tutti!»

«No, pochi. Quasi nessun ricco sa divertirsi coi soldi. Perché i divertimenti sono lì, già pronti, uguali per chiunque. Sono tutti servi di lussi pacchiani e angosciosi. Ho fatto una piccola concessione al cattivo gusto con l'elicottero, per mortificare la Nadia...»

«È una burla?»

«La burla gliel'ho fatta quando mi sono fatto assumere.»

«E zia Lina? Inventata pure quella?»

«È la mia amministratrice.»

«E scommetto che nemmeno sei muto...»

«Quello sì.»

«Meno male. Parlante non ti avrei sopportato. Pensi mai alla tua vera mamma?»

«Finché era vivo il nonno non mi è mancata. Lui era un maschio madre. Ma da quando non c'è più, sì.»

«E coi tuoi mezzi onnipotenti, non l'hai cercata?»

«Altroché. E... l'ho trovata. Ma non le dirò niente, se non sarà lei a riconoscermi. Ma ora le vorrei parlarle di una cosa che mi sta a cuore...»

Non potè finire. Fu interrotto dal turbinoso ingresso di Agata e Angela, appena tornate dal loro viaggio d'amore. Erano lì a dare un regalo a Dudù per averle liberate dal colonnello. Dudù lo scartò... e si trovò in mano una fionda.

Ci restò secco. Stavolta qualcuno aveva letto a LUI nel pensiero. Per il piacere di possedere quel tardivo giocattolo sorrise – così a fondo che le fossette si moltiplicarono, e gliene vennero tre in ogni guancia. A quella vista Angela gettò un grido:

«È lui!...»

La triplice fossetta – il segno particolare! l'unico indizio per ritrovare il suo bambino perduto. Lei e Agata si guardarono. Ritrovare un figlio è una bella cosa, ma anche un bel rischio: e se poi non ti piace? O se tu gli stai antipatico? Che quel figlio fosse il loro adorato Dudù, era una di quelle traboccanti perfezioni di cui il destino è tanto avaro.

«Figlio mio!»

«Mamma!»

Dudù Agata e Angela si intrecciarono in un abbraccio così sentito che restarono annodati come Olivia in Braccio di Ferro. Quando si sciolsero non senza fatica, le due donne dissero:

«Ti adottiamo!»

Ma Dudù rispose:

«No, vi adotto io. Gli usi legali non consentono a due donne di adottare un figlio, ma nessuno può impedire a un figlio di adottare due donne.»

E in un istante si formò una famiglia amorosa, alla faccia della legge.

Altri ritorni

Mao aveva smesso di aspettare sotto la finestra di Stella, che non si era mai aperta.

Ora passeggiava sulla riva del fiume dove si erano incontrati la prima volta, come un giovane Werther.

E con pensieri da giovane Werther, torbidamente guardava il fiume veloce.

Ora sì che il film gli sarebbe venuto bene, ma se lo era scordato.

Ora capiva come si potesse fare un salto nell'acqua.

Salì sul ponte, per buttarsi di sotto: scavalcò lentamente (ancora non era proprio tanto sicuro) ma fu preceduto da un piccolo tonfo: era caduto nel fiume il cagnetto sfuggito ad un vecchio barbone. Il vecchio si gettò dietro al cane, lo acciuffò per un orecchio. Nuotava in modo stupefacente per la sua età, e stava per farcela. Ma la corrente li afferrò entrambi, la testa del vecchio scomparve... Mao si tuffò, per salvarli.

Lottò col fiume, afferrò il barbone per un cencio... e alla fine riuscì a portarli a terra.

Sulla riva li aspettava una ragazza: era Stella. Anche lei passeggiava fra i ricordi, e aveva colto Mao nell'unico momento nobile della sua vita. Si tolse l'ampia gonna per asciugargli il viso e i capelli, con carezze sopra la stoffa, con tutto il suo perdono.

La bestiola salvata, una arrogante cagnetta, stava cercando di morderli. Stella esclamò

«Ma questo è il cane del nonno!»

«Ma va', ci sono milioni di cagnetti del genere...»

«Ma così stronza c'è solo la Bionda.»

Appena vide in faccia Mao, il vecchio barbone si diede alla fuga col suo botolo ingrato. Mao gli gridò dietro:

«Nonno!!!!»

Ma ai suoi richiami, quello galoppava più forte.

Mao e Stella partirono all'inseguimento. Lo raggiunsero, alfine, davanti alla baracca dove abitava. Mao lo acchiappò fra le braccia, lo sollevò, lo baciò

«Nonno! Ma allora non sei morto!»

Morto? Alvaro? E quando mai? Non qui! Questa è una favoletta mica una tragedia, e ci vuole così poco – basta un tratto di penna per far sorridere un personaggio.

Che poi è proprio la verità e ci sono i testimoni: sapendo che la moglie lo aveva scoperto, Alvaro aveva finto di annegare per non tornare a casa, e vivere la sua stagione.

Dalla baracca uscì Flor, con un piatto di pesci arrosto. Vivevano così, pescando nel fiume. Lui le proibiva di lavorare, per gelosia. Non era una gran vita, ma a loro sembrava grandissima. Certo ogni tanto come i tre porcellini sognavano una casetta vera, senza sorci, senza che ci piovesse dentro.

Stella e Mao, tenendosi per mano, portarono il nonno Flor e la Bionda da Dudù.

E Dudù adottò anche loro.

Tu che m'hai preso il cuor

Agata e Angela andarono a preparare i festeggiamenti.

Delia e Dudù rimasero soli. Dudù le si avvicinò:

«Le posso parlare d'amore?»

«No.»

«Perché sono ricco? Lo so, lei avrebbe preferito da me qualcosa di più avventuroso.»

«I soldi sporcano tutto.»

Appena Delia ebbe pronunziato queste parole, accadde un prodigio che la meravigliò molto: tutte le banconote che Dudù aveva in tasca si misero a parlare, con delle vocine fine fine, ma robuste nello sdegno. Parlarono i 50 euro color aragosta, i 100 verdi i 500 viola, e gli umili 5 – e anche le testine dei dollari (Dudù teneva valuta di ogni paese), e dissero:

I 5 EURO: «Noi non siamo né puliti né sporchi!».
I 500: «Tutto è nell'uso! Sporchiamo solo chi è sporco!».
I 20: «Perché ci calunniate sempre?».
I 50, CON LA VOCE PIÙ FORTE DI TUTTI, VISTO CHE NON CONTANO PIÙ NIENTE: «Ipocriti! Siamo il vostro unico dio… Grazie a noi, per la prima volta il mondo è monoteista.».

Dudù: «Zitti, basta. La signora ha capito».

I soldi non fiatarono più. Nemmeno Delia. Solo Dudù parlava, silenzioso, con le sue agili mani:

«Se lei me lo chiede io butto via tutto, e mi dimentico anche come si fa l'oro.

Ma prima rifletta. La povertà è un lusso che costa caro. "Bisogna avere i mezzi per essere diversi" diceva nonno Amedeo, che era un diverso col botto. Diceva " Più sei diverso più devi essere ricco. Mille soldati in forma di cartamoneta a proteggere la tua meditazione, visto che non c'è più religione. Il danaro è il lasciapassare della sperimentazione, è un benevolo genio della lampada. Sta' a te non farne una nevrosi o un padrone". Ma soldi a parte, lei… mi corrisponde?»

«Vergognati! Io ho 50 anni, tu 20!»

«Ma che ci mettiamo a fare i conti? Ma siamo pazzi? Glielo dico io che me ne intendo, i conti non tornano mai!»

«Facile, per te: sei il più giovane. Sono sempre i vecchi che ci rimettono.»

«L'eccezione non conferma la regola, la disintegra. Non mi risponde? Intanto che ci pensa mi permetta di snocciolarle un trialogo su questo amore.

1. Credo solo nell'infedeltà assoluta. Chiunque può diventare la mia amante, chiunque il suo. La amerò sull'orlo del precipizio – la posizione più comoda.

2. Sarò geloso ma non la assillerò: in amore, appena dici mio hai già perso tutto.

3. Tutto passa, le carezze restano.

So anche che lei penserà ogni tanto a quel grullo di suo marito, e a volte baciando me bacerà lui. Pazienza. "L'amore", diceva Nonno Amedeo, " è sempre uno scambio di persona". Certo anch'io ho le mie condizioni: voglio che lei continui a darmi del lei, e a trattarmi peggio di tutti, anche quando...»

«"Quando" cosa?»

«All'inizio, quando sono venuto in negozio, il mio amore era fatto di pietà.»

«Ah grazie.»

«Ma di quella pietà che lo fa venire duro.»

«Basta! Con un ragazzino non potrei mai, mai!»

«Però in sogno le è venuto così facile.»

«Che sogno?»

«Nel vicolo... io avevo un tatuaggio, non si ricorda?»

Se adesso diciamo che Delia restò fulminata, non si creda ad un artifizio letterario: le parole di Dudù le picchiarono in testa con tale violenza, che svenne.

Si risvegliò rossa di vergogna. Gli chiese con una vocina stupida stupida

«Ma tu... che ne sai?»

«C'ero, no? Il Nonno Amedeo mi ha insegnato come entrare e uscire dai sogni altrui. Ma con lei ho fatto qualcosa di più: gliel'ho mandato io, quel sogno. E anche quello del lupo buono, con la richiesta di matrimonio: "Io ti sposo, Delia. Non puoi scapparmi. Ci piace troppo il cinema, a tutti e due...". Non dice niente?

«L'ho spaventata, eh, con la mia concretezza erotica? Ma mica era vero.

«Ancora scherzi, ancora favole. Ha creduto che volessi farle la festa *tout court*?

«Ma via. Mi guardi, sono un macho io? No, sono una piuma. Mica siamo normali, noi due. Ci piace *altro*. Il riflesso più del sole. Staremo tanto insieme che hai visto mai una volta o l'altra potrebbe pure succedere, in qualche bastimento lontano. Ma non è questo il punto, e lei lo sa. Sarà una partita terribile, fra noi. Ma saremo felici. A costo di crepare di dolore, saremo felici.»

Vi sono attimi in cui la nostra bellezza è totale, e spalanca il mondo.

Così era Dudù davanti a Delia.

Eppure lei faceva ancora la finta scontenta. 40 secoli di buon senso la guardavano.

Dudù smise di parlare a gesti, e contorcendo le labbra fece un enorme sforzo, gli uscì un mugolìo – cercava di parlare – stava per parlare.

Delia capì, gridò:

«Dudù!»

Ma il muto non parlò: cantò. E dalle labbra gli uscì intonatissima la canzone che gli cantava il nonno, una canzone dei suoi tempi:

> Tu, che m'hai preso il cuor sarai per me il solo amor!
> Tu, o nessuna mai più
> Lontan da te è morir d'amor
> Perché sei tu che m' hai rubato il cuor!

Miracolo d'amore. Ma anche miracolo a metà, perché Dudù non riuscì mai a parlare, sapeva cantare e basta. Ma a loro bastava.

BACIO

DISSOLVENZA

FINE

No, aspettate: alcuni personaggi si sono lamentati di essere stati esclusi dall'happy end, e hanno chiesto di apparire almeno nei titoli di coda. Li accontentiamo facendoli sfilare come nel finale di un musical, dove tutti cantano e ballano.

Il Nonno e Flor. Li si può incontrare nelle balere e in altri onesti luoghi di divertimento. Stanno ballando un tango: il nonno ringiovanito, elegante, tiene in braccio la Bionda mentre balla con Flor innamorata, frizzante. La solleva in aria la fa girare e tutti gli fanno la hola.

La nonna. È felice. Al ricovero ha scoperto se stessa: era una soubrette nata. Ha organizzato una commedia musicale e si esibisce con le altre vecchie come girls. Purtroppo è arrivata la signora Dessì, sbattuta là dentro dal figlio Lelletto, unica N.D. fra le borghesi, e come tanti anni fa in Albania, mette in pericolo il suo primato. Specie da quando è finito lì anche il colonnello, e se ne sono incapricciate entrambe. Lui civetta con tutte e due, si è creato un triangolo senza esclusione di colpi.

Mao e Stella. Li rivediamo nella scena finale di un film musicale, *Le canzoni del giovane Werther*.

Nadia lo ha prodotto coi soldi di Carlo, chiedendo delle

modifiche, a cominciare dal titolo. Al fine di compiacerla hanno un po' rivisitato il finale: Carlotta invece che con Alberto si sposa direttamente con Werther, e non muore più nessuno.

Un Werther senza drammi. Un Werther da spot. Un Werther di oggi.

La scenografia è di Carlo. Tutto è a cerchietti, muri scale tegami carta da lettere e perfino i costumi dei personaggi.

Nell'ultima scena, Stella vestita da Carlotta e Mao da Werther, in abito da sposi si corrono incontro attraverso un viale a cerchietti, cantando una canzone di Battisti

Che ora è, che giorno è
Questo è il giorno di vivere con te...

Carlo. Il film, al di sotto della bruttezza, ebbe successo. Ma non portò fortuna a Carlo: rinfrescato da quell'esperienza ritrovò l'estro e si rimise a dipingere quadri smisurati.

E Nadia lo cacciò via di nuovo, perché occupava troppo spazio.

Avendole consegnato ogni suo avere, si è ritrovato sul lastrico. Ed ha repentinamente ripiegato sul figurativo, per diventare artista da marciapiede. Le sue Madonne sul selciato vengono paragonate a quelle di Raffaello: una TV le ha riprese, hanno fatto il giro del mondo. Carlo è diventato un caso internazionale. Una grande galleria di N.Y. gli ha appena commissionato 400 Madonne. Il futuro è radioso.

Per questo danza alla pellerossa sopra la sua ultima opera – pensando che appena avrà qualche dollaro mollerà quelle Madonne che a lui sembrano miserabili marchette, e tornerà all'arte vera, il Cerchiettismo. Sbagliava in una cosa sola: le dimensioni. Non più quadri di 8, 10, 12 mq: No! Di settanta! DI OTTANTA! DI MILLE! DI DUEMILA!

Tony e Alberto. Ballano un walzer triste. È il ballo dell'addio. Tony si è innamorato di un altro, sposato, che lo tiene sulla corda, che lo obbliga a fare l'amico, che gli si nega sempre – preciso come l'Alberto di una volta. Forse Tony non ama proprio lo sposato, ma in lui l'Alberto di allora? Come sia sia soffrono tutti come cani, e una musica piangente li accompagna.

CHIUDE LA SFILATA IL BALLETTO DEI MARITI CHE RITORNANO. In colonna coi cuori vuoti le labbra piene di scuse, cercano una cucina nella quale infiltrarsi, una vecchia sposa un tempo disprezzata e ora, magari ci rivolesse, saremmo disposti perfino a volerle bene, se badasse a noi se ci imboccasse insistendo quando facciamo gli svogliati se ci soffiasse il naso ci pettinasse con la riga ci preparasse la cartella di scuola ci rammendasse gli strappi ci rincalzasse il letto, la sera, raccontandoci una fiaba, di quanto eravamo grandi, e coraggiosi, e magnifici a letto, e di come hanno amato solo noi, all'antica, prima delle smanie sulla parità, o al minimo pronte ad ammettere che

Questo maschio che gli stiamo sempre a fare i conti in tasca e a saltargli addosso perché non tornano, è alla fine una persona non meno importante della donna che vi si imbatte, uno al quale nessuno fa più una carezza disinteressata da quando aveva undici anni, come dice nonna Oca.

E VISSERO CENTO ANNI FELICI E CANTANTI
MUSICA
RIFINE

Ringraziare è quasi un vantarsi. A un passo dalla vanagloria. Ciondimeno affettuosamente ringrazio:

La mia compagna di giochi *Delia Vaccarello*, cui devo il nome della protagonista e molto altro.
Amedeo Pagani per sempre.
Samuela, detta Picci.
Alessandra e Malcom per la loro luminosa incoscienza.
La bambina buona *Giulietta Revel* per le risate da collegio e il resto.
Umberto Silva per la leggerezza.
La amatissima *Piera Leoni*, lei sa perché.
La fuggitiva *Paola Rizzo* sperando che torni.
Il dolce *Marco Morabito*, confidente letterario.
Serena, Vitale.
Concita de Gregorio quadrimamma.
Gianluca Nicoletti per l'ispirazione quotidiana del suo Melog.
Umberto Polignano per la colonna sonora.
Elio Pecora per un buon consiglio.
Andrea Bergamini principe volante.
Lu, Gabriele, Michelangelo.
Isabella Santacroce comunque.
Gilma Roncancio (Flor), e *Zaira Mirai* da Cabras, ginn benefici.
E per aver partecipato:
Le lettrici, anzi *le scrittici di* «A» («Anna»): le storie delle clienti nelle

"Confidenze di merceria" sono ispirate alle loro lettere, indirizzate alla mia rubrica di posta del cuore.
Luca Guadagnino che mi ha soccorsa, scrivendo la deliziosa presentazione di Carlo Bottoni attraverso il suo guardaroba. Solo un vero dandy poteva farcela.
Nella Zanotti e *Ginevra Bompiani*, autrice e editrice (per "Nottetempo") del libro *Tutti i vizi vengono per cuocere*, che mi hanno prestato la pagina su Lelletto scritta per loro.

La traduzione della poesia di Algernon Charles Swinburne (da *Il trionfo del tempo*) è di Bianca Maria Rizzardi.

Indice

«Il ritorno dei mariti»
di Barbara Alberti
Piccola Biblioteca Oscar
Arnoldo Mondadori Editore

Questo volume è stato stampato
presso Mondadori Printing S.p.A.
Stabilimento NSM - Cles (TN)
Stampato in Italia. Printed in Italy

55884
2006